北国に雲は流れて

田仲道子
TANAKA Michiko

文芸社

目次

北国に雲は流れて

弟子屈《テシカガ》
苫小牧《トマコマイ》
平取《ビラトリ》

第一部　平取《ビラトリ》にて

母

私は一歳の時、指を一本失った。
そのことに気づいたのは、数を数えられるようになってからだった。
四本指のお化け、と言われた。
かわいそうにね、と言われた。
そんな言葉を不思議に感じていた。何の不都合も感じていなかったからだ。
昭和二十三年、古い王子病院で手術をしてもらった。
当初、左肩から切断しなければ、命の保証はできないと言われたらしい。母のタケノは、「女の子だから、将来赤ちゃんを抱けるように、棒のようになってもいいから、悪いところだけを削って」と、懇願したそうだ。

手術日の当日、母は倒れ、父が手術室の中まで立ち会った。三センチたらずのかわいい指だった、と言っていた。そうして、左手の人指し指を失い、手の甲の骨などを削ったので、中指の機能を失った。

初め、病気の原因はよくわからなかった。骨が腐り出した原因は、指に刺さったトゲから何かのばい菌が入ったのだろうと考えられた。

手術の傷跡は、いっこうに塞がらなかった。それどころか腕の三箇所から、化膿し出し、やがて右の耳と首のリンパ腺へと広がった。治療は、腫れてきたらメスで切って、膿をしぼり出すだけだった。

いちいち麻酔をかけることもなかった。切開を、少なくとも十五回は繰り返したが、回復の兆しはなかった。

私への心労からか、母は体調をくずした。そして肺結核をわずらい、入退院を繰り返すようになった。私がもの心つく年頃にはほとんど寝たきりとなり、母に近づくことはできなかった。

私には、十歳以上歳の離れた姉がいた。母親代わりに面倒を見てくれた。優しい父もいた。頼もしい兄が五人もいた。そして忠実で勇敢なエスという犬もいた。焦茶色の北海道犬だ。

母は、私が六歳の時死んだ。昭和二十九年のことだった。

その年の三月に、角巻にくるまれ、父に背負われ、母がトラックの助手席から降りてきた。病院から帰ってきたのだ。私はピョンピョン飛びはね、母を見上げた。

「道子ちゃん」

名前を呼んで笑ってくれた。

私は布団のそばから離れなかった。照れ笑いしながら、右手で母の乳をまさぐった。母に抱かれたことも、乳を飲んだ記憶もない。でも、病気が治ったのだ。もうどこにも行きはしない。

その時、母はネルの寝間着の衿をはだけ、片方の乳房を出してくれた。白い肌に青い血管が透けていた。

静子叔母さんが「姉さん、こんな小さい子達を残して逝ったらだめだよ」と、泣いた。「しずちゃん、今そんなこと言ってくれるな」と父が制止したが、母は「いいの」と一言言った。

数日後、母は死んだ。

二十歳の長兄から六歳の私まで、七人のきょうだいが残された。北枕に敷いた布団を囲んで、姉と兄達はすすり泣いた。

父はいつもの優しい顔で母の額をなでていた。私は死を理解できず「母さん、又熱出たの」と聞くと、父は男泣きした。

納棺の時になった。

丸い棺桶を覗き込むと、母は白装束で膝を立てて、ゆったりと棺にもたれていた。穏やかに俯《うつむ》いている様子は、まるで、日なたでうたた寝をしているようだった。束ねた黒髪が美しかった。

その時になって「滋《しげる》ちゃんを捜してきて」と姉に言われた。きっとエスのいる小屋だ。やはりそこにいた。

窓のないガランと大きな物置小屋に、エスと一緒にうずくまっていた。

「滋ちゃん、行こう」

三歳違いの兄は袖口で涙を拭き、立ち上がった。

長い旅路になるという。

杖を持たせ、針と糸、はさみと硬貨、そして換えのわらじも添えられた。

それを見て、〝そうか遠い所に行ってしまうのか。ついては行けない遠い所に、母さんは、たった一人で行ってしまうのだ。もう家には帰ってこられない。もう二度と会えないのだ〟と、悟った。

狭い長屋での葬式は、借り集めた座布団を敷き詰め、一人一枚の余裕もなく大勢の人が参列してくれた。お坊さんのすぐうしろに座らされた私は、見よう見まねで手を合わせ、神妙にしていた。すすり泣く声も聞こえる。しかし……。

読経が始まると、私に妙な思いが浮かんだ。お坊さんは面白いことをして私達をなぐさめ、楽しませてくれているのだと。変な声をはりあげ、光る頭に変な帽子を載せ、時々何かをたたいてチーンと鳴らす。

私は思わず、噴き出してしまった。すると姉が睨み、滋ちゃんが小さな声で、「おだちはぼ」と言った。

その後、一同が家の前で写真を写すことになった。

父が中央に立ち、兄弟が並んだ。その時は、歳の順番が背丈の順であった。向かって左側には、母の親戚が並んだ。その中には私達が「兵隊おじさん」と呼んでいた、母の一番下の弟の清志叔父さんもいた。

兵隊おじさんは戦争に行ったまま生死がわからず、母は陰膳をして無事を祈っていた。六年間もシベリアに抑留されていたのだ。

おじさんは、母の死に間にあったものの、ほどなく奥さんを、母と同じ結核で亡くした。

作太郎伯父さんもいた。母の兄である。

母達は両親を早くに亡くした。作太郎伯父さんは親代わりとなって、死にものぐるいで働き、成功し、財を成した。しかし、長男は南方で戦死してしまった。

小さい子供は火葬場まで行けないと言われ、坂の下で葬列を見送った。早春の枯れ木立の道を、黒と白の葬列は登っていった。

家に戻ると、白い割烹着の手伝いのおばさん達が世話をしてくれた。

「いつでも、オレントコにこい」

「タケノさんも心残りだったべナ」

「死んだらみんな星になるんだ」

私が「星はいっぱいあってわかんないべサ」と言うと、

「ナンモ、道子ちゃんを見つけて一番ピカピカ光ってくれる。それが母さんの星だ」

そうか、それで火葬場から煙になって、空に昇るのかと納得した。

幼い日々

葬式から二週間後、私は小学校に入学した。前日の夜、父が教科書や持ち物に名前を書いてくれた。

その時まで、私はまだ何の字も読めず、数は十まで言うのがやっとだった。母のこともあり、家族は私にまで気が回らなかったのだ。

自分の名を指さし「これ何て読むのサ」と言ったものだから、みんなあわてた。父だけは「先生がうまく教えてくれる、そのための学校だ」と言ってくれた。

入学式の朝、父と学校に向かった。紺色のセーラー服に、赤いランドセルだ。しかし、雪解けで道路がぬかるんでいるということで、お古の長靴を履かされてふくれた。

二宮金次郎の銅像の前で、胸にリボンをつけた先生達が、クラス毎に案内してくれた。クラス毎といっても二クラスしかない。

あいうえお順に並ばされ、講堂に行った。

「お名前を呼ばれたらハイッと元気にお返事して、立って下さい」と言われた。

前の子達が立派に返事をしている。

私の番が近づいてくる。

こんなに大勢の人の中で声を出せるのか。

私の名前は何だっけ。

それほど私は緊張していた。

「田仲道子さん」

「ハイ」

大きな声が講堂に響いた。

校長先生も、先生達も、お母さん達も拍手をしてくれた。

嬉しくて振り向いたが、父の姿はなかった。その代わり、お母さん達に混ざって、頭一つ背の高い長兄のマサユキが拍手していた。働かねばならない父と交代したのだろうか、勤め先を抜け出して、弱冠二十歳の長兄が、文字どおり父兄として、そこに立っていた。


学校は楽しかった。友達もできた。担任の福田先生は若い男の人で優しかった。

母の葬式写真に、福田先生とそのお兄さんも写っていた。先生のお兄さんは、長兄の勤め先の上司だったのだ。

学校は楽しかったのに、私は時々抜け出した。

音楽の時間のことだった。音楽の教科書の挿絵に見入った。

『春の小川』という歌のページだったと思うが、美しい挿絵が描かれていた。小川の岸辺に、水色のスミレが咲き、黄色い菜の花が咲いている。白いモンシロチョウが飛び、桃色のかわいい花で、地面が覆われている。

ウン？　この花は何だろう。

先生に聞くと、レンゲの花、と教えてくれた。すぐに学校を抜け出して、レンゲの花を探しに行った。

田んぼの畦道にも、小川の辺《ほとり》にもその花はなかった。北海道にはない花と、後で知った。

仕方なく学校に戻ろうと町中《まちなか》を歩いていると、信用金庫の看板が目に入った。看板の字が読める訳ではなかったが、その支店に長兄が勤めているのは知っていた。

信金のドアを押して中に入ると、長兄は下を向いてソロバンをはじいていた。

「兄ちゃん」

長兄はソロバンを払ってしまい、長い顔を、さらに長くして、唖然とした顔をした。

福田先生のお兄さんが学校に電話してくれ、間もなく下校時間なので、そのまま帰っていいと言われた。ランドセルは学校で預かってくれる、とのことだった。

「せっかくだから奥でお茶でも飲んでいきなさい」と、福田先生のお兄さんが言ってくれた。

長兄は恐縮して、ハンカチで首を拭っていたが、女性の職員さんが笑いながら奥に連れていってくれた。

奥といってもそこはなぜか個人の住宅だ。台所があって、茶の間があった。

割烹着のおばさんが、手の先を赤くして、ネギを洗っていた。

「福田先生のお母さんだよ」と、女の職員さんが教えてくれた。

「この子、田仲さんの妹さん。福田先生のクラスだそうです」と紹介してくれた。

割烹着の前で手を拭きながら、「みっちゃんでしょ」と言ってから、「南瓜団子食べてって」と、女の職員さんと私に出してくれた。なんと、白砂糖までかけてくれた。

福田先生にはお父さんがいないと聞いていた。だから家を信金に貸してあげていたのか、それとも信金から住宅部分を間借りしていたのかは聞けなかったが、おばさんは賄いの仕事もしているようで、又洗い物に戻った。

長兄は、「仕事場なんだからもう来るなよ」と言った。もう行きはしなかったが、なぜか、本支店合同のバス旅行に連れていってくれた。

実際に長兄の仕事は大変そうだった。

月末は徹夜になることもあり、大晦日は家に帰ってこられなかった。お金と帳簿が合わないと、床を這って捜すこともあると言う。

振内《ふれない》や、日高町まで集金に行くこともあった。バスも通ってない、もちろん道は舗装ではなかった。そこに、オートバイで一日がかりなのだ。

物騒だから変装していけと言われたらしく、ごっついリュックサックを背負い、頬っかむりの時もあった。あれはいったい、何の変装だったのか。

その後も何度となく学校を抜け出した。

学校も楽しかったが、時によって、もっと興味のひかれるものがあったら見に行っちゃいけないのだろうか。そんな気持ちだった。

私はたぶん二、三歳から保育所に預けられていた。シスターと呼ばれる先生と、若い先生がいた。農家の繁忙期には、預けられる子が増えて、お母さんが赤ちゃんを産んだからと、短い間だけ預けられる子もいた。

そんな、ゆるい感じの保育所だった。

しかし私にとっては、昼寝も食事の前のお祈りも強制的で我慢できなかった。

復活祭とかで、保育所と同じ敷地にある教会に、お呼ばれしたことがある。色とりどりに塗られた卵が、籠に盛られていた。きれいな卵。私は貰えると期待したのに、ベールを被った信者さんにだけ配られた。

私は保育所に行かなくなった。

犬のエスと遊んだ野山は、保育所の鉄棒やブランコなんかより、何倍も楽しかった。山ぶどうやコクワ、オンコの実など、おいしい物があふれていた。クローバーや月見草の花の蜜も甘かった。

こうして保育所時代からの放浪癖は、小学校に入ったからといって、急には治らなかった。

朝は五人いる兄の誰かにつき添われて、登校した。小学四年の滋兄は、五男で私のすぐ上だが、一緒の登校を嫌がった。四男で小学六年のマコト兄は無口な人で、否応なくついていったが、上級生とは玄関が違ったから、マコト兄が玄関口に消えるのを見て、私は逃げた。三男のミノル兄は中学生で、生真面目な性分なのか、私が上靴を履くまで外から見ていた。

美しい古里

私が生まれ、十歳まで育ててくれた古里は美しい村だ。

日高山脈の急峻な岩肌を、削るように流れる沙流川《さるがわ》の片岸の平地に村はあった。沙流川は、たびたび洪水という災害を起こしたが、豊かな土壌という恵みも、もたらした。

気候は厳しいが、季節は折り目正しく変化し、咲かない花はなく、採れない山菜や野菜はない、と思えるほどだった。古くはアイヌの人達の都として栄えたのも頷《うなず》ける。義経《よしつね》伝説も残っている。奥州平泉で討ち死にしたはずの源《みなもと》義経は、実は、蝦夷地のこの平取まで落ち延びてきた、という言い伝えだ。義経を手厚くもてなして、かくまったアイヌの人達への、礼の一つが馬術だったということだ。

真偽のほどはわからないが、鵯越《ひよどりごえ》の逆落《さかお》としで、名を馳せた義経らしい。立派な義経神社は、豊かな杜に囲まれて、眼下の村を護っているようだった。

日高一帯は、義経のおかげかは知らないが馬の産地として有名であり、参拝する馬主で賑わっている。

子供達は、神社の境内でチャンバラごっこをした。私も、よく意味がわからないのに「鹿も四つ足、馬も四つ足」と叫んで、斜面を駈けおりる遊びもした。

学校は嫌いではなかったが、学校の外に楽しいことが多すぎただけなのだ。

時々、四本指のお化けとか、おまえの母さんデベソと言ってからかう男の子がいたが、そんな時は、殴って泣かせてやった。

どちらかというと、おまえの母さんデベソと言われる方が、腹が立った。

そんな頃、父方のおばあさんが来た。北見から汽車を乗り継ぎ、たった一人で来てくれた。

父は常々、北見の実家のことを話していた。戦前は大地主だったらしい。特におばあさんのことは、若い頃美人で評判の北見小町といわれていたと、自分の母親なのに自慢をしていた。

初めて見るおばあさんは、右目が白濁し背が丸まっていたが、色白で下ぶくれの、かわいい顔をしていた。一緒に暮らしていたような、懐かしげな顔で微笑んでくれた。やがて仕事から帰ってきた父は、「遠いところ、お疲れになったでしょう」と、おばあさんの前に正座した。

おばあさんは座布団を外し、手をついて、「この度は、ご愁傷様でございました」と。そして「タケノさんには、本当にかわいそうなことをしてしまいました」と涙ぐんだ。

「いえ、こちらこそ勝手を致しまして、不孝をお許し下さい」と父も、頭を下げた。

父がまだ東京の大学で学んでいた時に、母と駆け落ちをして、所帯を持ったことを言っているらしかった。母は小作人の娘だった。

「家柄の尊卑でおじいさんも反対したのではありません。不釣り合いな頸木《くびき》は、不縁不幸の元と思っていました」

私は幼いながら、父と母は私達とは違う時代を生き抜いてきたのを感じた。おじいさんも、おばあさんも、自分達の時代を精いっぱい生き抜いてきたのだ。

おばあさんに会ったのは、それが最初で最後だったが、私はとても感謝している。五十歳を過ぎた父と私達孫に会うために、八十歳近い年齢と片方の目で訪ねてきてくれた。そして私達に、何気ない会話の中で多くのことを語っていったのだ。

「私はお風呂に入って、一晩で右目が見えなくなったのよ、おじいさんはもう年で両方共に見えないの。人が生きるということは、何かを失いながら、身軽になることね」

私が指を失ったのは、人よりちょっと早いだけなのだと、みんな同じなのだと気づかせてくれた。おばあさんは「かわいそうだね」と言わず、「みんな同じ定めの中で生きるんだよ」と気づかせてくれたのだ。

同じ定めとは、みんないずれ死ぬということ。

その後、私は兄達の手を煩わせることなく、学校に行くようになり、学校を抜け出すことも少なくなった。

喧嘩もやめた。

最後の喧嘩は、学校の休み時間に、廊下でだった。北見のおばあさんのように、上品な女の子になろうとしていたのに、つい、足も手も出てしまった。

喧嘩の原因は忘れた。相手も忘れた。ただ私の右手がガツンと相手の鼻に入って、その子は泣きながら学校を早退していった。

私は廊下に立たされた。

右手が痛んだ。右手をさすりながら、鼻血を出して帰っていった子が心配になった。私も鼻を二回ほど折ったことがあるから、痛さはわかる。太く変形してしまっているのだ。

幸い、その子は大事には至らなかった。

その夜、風呂に入りながら父は優しく、「道子ちゃんは女の子なんだから。女は愛嬌だよ、これ以上傷が増えたら母さん悲しむゾ」と言った。

私は父の言葉に内心反発した。

女の子なんだから喧嘩はダメなのかい。死んだ母さんを持ち出すのは狡《ずる》い、と。

でも相手に怪我をさせたのではないかと、心配していた時の気持ちの悪さを思い返し、「もうしません」と謝って、ザブンと頭まで潜った。

それから、喧嘩はやめた（暴力的なのは）。

田仲さんとこのきょうだいは、下に行くほどきかないねというのを、よく耳にした。

それでは、私が一番きかないってことか。

男・女・男・男・男・男、そして私と、上から順番に私のきょうだいを思い浮かべると、芯のきつさは、皆、相当なものだ。

誰に似たのだろうか。

父は育ちの良い英国紳士という感じで、ちょび髭をたくわえ、身だしなみに気をつかう人で、手を上げることとも、声を荒らげることもない温厚な人だった。

母は、病弱で優しい人と思っていたのは、幼い私だけであり、躾にはとても厳しい人だったと、兄達は口を揃えて言っていた。父も酒を飲みながら、仕事仲間に「家内は群馬の生まれで、上洲名物・空《から》っ風とかかあ天下の言葉そのものの女でした。いつ寝ているのか、働き者でもんぺ姿しか思い出せない」と言うと、飲んべえ仲間は「もんぺ姿で、よく七人も子供こさえたな」と笑ったものだ。

見る人によって、見え方が違うことを知った。案外、温厚そうでいて父も強い人だったのだ。そうでなければ母の死後、七人の子供を育てることはできなかったはずだ。

不治の病

スズランの群生地として平取は有名だ。当時はちょっとした道のへりにもあったし、蕗を採りに山に行くと、林の縁にスズランが群生し、甘く爽やかな香りを放っていた。登校の途中、子供達は、スズランの季節には花を摘みながら来るものだから、教室はスズランの香りに包まれた。先生は、毒があるから気をつけるように、特に秋には赤い実がなるので食べないようにと教えてくれた。

しかし、私はおいしそうなので食べたような記憶がある。心臓の薬にもなると言っていたし、死んでいないので、まっいいかと胸をなでおろした。

スズランの大きな二枚の葉は、父と母。長い茎に、鈴のように並ぶ花は、私達きょうだいだ。

花言葉は『幸福になります』。

荒れ地でも繁茂する逞しさを持つスズラン。私も幸福になりたい、と願った。

父はよく口癖のように「食べられる時に、おなかいっぱい食べなさい」と言っていた。しかし昭和三十年当時、父が言うようには、おなかいっぱいになるほどの食べ物はなかった。主食はジャガイモ、南瓜、麦飯のローテイションだった。夏場はトウモロコシがローテーションに加わった。

ある夏、長屋で赤痢騒ぎが起きた。新婚の男の人が、担架で運ばれて隔離された。隣のわが家は当然、消毒された。保健所の人達が、ものものしい格好で来て、至る所に消毒剤をまいて一面真っ白になった。

「隔離病棟は誰もいない山の中にある」と、兄達がおどかした。

私は、隔離病棟という言葉の響きに、震えた。

しかし、翌日あっさりその男は帰ってきた。

「実はトウキビを休みの日に十八本食べまして……」と謝りに来た。それから男の名は、『トウキビ十八本』になった。

近所に住む吉田のばあちゃんが、「南瓜ばっかり食べてたら、手の平が黄色になっちまった」と話していたことがある。それを聞いた姉は、しきりに自分の手を気にしていた。

その南瓜が大好きな猫がいた。鼠よけに農家から貰ってきた猫だ。

三毛猫だからミケという安直な名だった。ミケは、ストーブの上から南瓜のにおいがすると、狂ったようにストーブの周りを回り出す。右に回り、左に回り、時には熱いストーブに前足をかけそうな勢いなのだ。

猫がみんな、猫舌とは限らない。「今、やるから」の声にも待ちきれず、熱々の南瓜に食らいついた。

ミケは、白・黒・茶の他、黄色の毛もあるように見えた。ミケは好きなものをいっぱい食べられていいなと、つくづく思った。

昭和三十年頃、私は食べ物の中にラーメンというものがあるのを知らなかった。冷たい蕎麦という食べ方も知らなかった。生でイカを食べたことがなかった。そもそも刺身を知らない。

もちろん生寿司も、牛肉も、焼き肉も、スパゲッティも、コーヒーも紅茶も。ぶどうは山ぶどうしか知らなかった。

そんなわが家に、振りかけが来た。

振りかけ。魚や肉、海草を粉にして、ご飯に振りかけて食べる、あの振りかけだ。

札幌の丸井さんに行ってきた人のおみやげだった。丸井デパートのことを、憧れと愛着を込めて「丸井さん」と呼ぶのだが、その丸井さんから買ったという小瓶には、『是《これ》はうまい』という、ラベルが貼ってあり、茶色の顆粒が入っていた。

ご飯にかけるものはゴマ塩くらいしか知らない。色は七味唐辛子に似ている。

みんな手の平に少し受け、なめてみた。

『是はうまい』を食べて、「これはうまい」となった。

私は空《から》になった瓶を隠しておいて、時折匂いをかいだ。友達の明《あき》ちゃんにも匂いをかがせてやった。

〝もう一度食べたい〟

私の願いは、すぐに叶った。姉と共に札幌の病院に行って検査を受けたら、『是はうまい』を買ってくれることになった。

朝一番のバスで富川に出て、そこから汽車に乗り替えて札幌に行き、北海道大学病院に行った。

北大病院で何の検査をしたのか、まったく覚えていないのだが、帰りの汽車の中で姉は泣いていたようだった。私も『是はうまい』を買ってもらったのに、どんよりと疲れて、寝てしまった。

指の骨から腐り出した原因が、やっとわかったのだ。私の病気は結核性のカリエスだった。治療法の確立していない、不治の病気だった。

私が自分の病気の重大さを自覚したのは、それから何年も後のことだった。

知らないということで、幸福なこともある。赤ちゃんが、初めての注射器を見ても、怯えたり泣いたりはしないように、無知ということは無邪気でいられる。

私はそれまでどおりの生活をした。

運動会の徒競走では一等賞だった。賞品のノートを持って家族の席に戻ると、父は巻き寿司やいなり寿司を酒のさかなに、もう飲んでいた。

近所のおじさん達と一升瓶をおっ立てて、木陰で酒盛りだ。「見てたかい」と聞くと、「おう、頑張ったな」と言った。嘘だなと思ったが、楽しそうにしてる父を見るのは、いつも嬉しかった。

もっと幼い頃、根株にいたカナヘビを捕まえた。捕まえたと思ったのに、尻尾を残して逃げられたことがある。

トカゲの尻尾は又生える、と父は言った。「私の指も生えるかい」と聞くと、父は「生える人もいるし、生えない人もいる」と言った。

乳歯が抜けても、私の歯は又生えてきた。しかし、吉田のばあちゃんの歯は抜けたままだ。お坊さんは、もう毛が生えない。

父が嘘を言ったとは思えなかった。

ある半ドンの日、学校から帰ると姉にお使いを頼まれた。

当時、土曜日は午後から休みで、土曜日とはいわず半ドンといっていた。ドンはドンタクというオランダ語の休日という言葉から転じたと父が教えてくれた。

姉のお使いは、薬屋に行って『ジューソー』を買ってこいというものだった。

「紙にメモしてやるか」と言ってくれたのに、「ダイジョービ」と家を出た。

忘れないよう「ジューソージューソージューソー」と唱えて行ったのだが、薬屋に着き、「ソージュー下さい」になってしまった。

薬屋のおばさんが「ソージュー？　誰が、何に使う物？」と首を傾げた。

「お姉ちゃんが、蒸しパン作ってくれる」

「あぁそれなら重曹《ジューソー》だよ」と笑った。

姉の蒸しパンには、賽の目に切ったイモ・人参・南瓜と、エンドウ豆も入っていた。

姉は義経神社の神主の奥さんのところに、和裁や洋裁を習いに行っていたが、料理を教えてもらうこともあるようだった。

蒸しパンの中の野菜は全部、ウチの畑で採れたものだ。あちこちの畑を借りて、米以外は何でも作っていた。

休みの日は兄達も総出で手伝ったが、山の畑に行く時は、嫌がってもめていた。山の畑に行くにはどうしても町の中を、それもメインストリートを横切らねばならない。鍬やスコップを担ぐだけならまだしも、肥やしの入った桶を担いでの行列は、思春期真っ只中の、それも秀才の誉れが高い兄達にとって、どれほど嫌なことだったであろうか。

考えてみると、母親を亡くしたのは私だけではない。姉や兄達それぞれにとっての、母との時間と思い出があるのだ。悩み、悲しみも抱えていただろうに、姉も兄達も立派だった。寸暇を惜しんで勉学に励み、骨身を惜しまず家のために働いた。

私はみんなのおかげで新鮮な野菜などが食べられて、又、おいしい蒸しパンも食べることができたのだ。

私は自分の病気の重大さを、まったく自覚していなかった。包帯を巻いた手で、泥遊びもしたし、蛙を捕まえたりもした。

父も私の行動を制限したことは、一度もなかった。むしろ色々な経験をさせてくれた。自分のトラックを持っていて原木を運んだりしていた父は、よくトラックに乗せてくれた。日高の山奥から原木を積んで、富川の駅や苫小牧の駅裏の木場まで運ぶのが主だった。

当時の父達の仕事振りは、過酷だった。深い雪の中から、馬が喘ぎながら原木を引っぱってくる。アイヌのおじさん達がロープやトビと呼ぶ道具で引っかけて、トラックに積み上げる。

道なき道を、トラックは原木の重みで軋みながら這うように進んだ。崖に落ちた車もあった。橋を壊すこともあった。荷崩れを起こすこともある。パンクや故障は、しょっちゅうだった。

しかし、ガソリンスタンドも修理工場もある訳がなかったので、自分で何とかするより仕方がなかった。昔は自動車の免許証と自動車整備の免許証は、合わせて取得しなければならなかったというのも頷ける。

父の運転は天才的だった。運転手仲間の人達からも、消防団の仲間からも、「運転の神様」といわれていた。

父の自慢は、北海道で十六番目に自動車の免許証を取得したことと、戦前に、昭和天皇の弟君である高松宮様が北海道を巡行された折の運転を仰せつかったということだった。

そのことで詳しい話は決してしなかったが、私が車の中で行儀悪くしていると、よく「宮様は沿道に人がいなくても背筋を伸ばし、ご立派だった」と話してくれた。

危険な仕事に子供を同伴させるのはどうかと思う人がいるかもしれないが、母がなく、貧しくて、忙しく働かなければならない父は、子供達をどこにも連れていってやれないので、私だけでなく、他のきょうだいも、代わりばんこに車に乗せていたのだろう。父の話も楽しかったし、車窓からの景色も飽きなかった。

忘れられないのは、山の上に月が出て、雪野原がキラキラと輝いた冬の夜だった。

遠くにポツンと、一軒家が見えた。煙突から火の粉が噴き出している。花火のように美しく、火の粉は屋根に降っていた。

「ここに、いなさい」

車を道路に止め、父は走り出した。一軒家までの道は、雪で閉ざされていた。父は雪の中を転げながら、その家に向かっていった。

「父さん……」

あたりは月が雪原を照らし、明るく静かだった。静かすぎるのも怖かった。

ほどなく父が戻ってきて、ほっとした。

「えらかったな」と、ほめてくれた。

煙突掃除を怠ると煙突の煤が再び燃え出し、さっきのようになることがあるそうだ。知らずに寝入ってしまったら、屋根に雪が積もっていなければ火事になっていたかもしれなかった。

火事になっても、電話もなく、消防車も来られない。少しのことで人生が変わってしまうのだ。父には、多くのことを教えてもらった。

変化

母の死から二年が過ぎて、私は三年生になった。

福田先生は転勤し、担任はベテランの先生に替わったが、やはり優しい先生だった。

苫小牧の高校に通っていた次兄は卒業して、苫小牧に勤め、親戚の家に下宿することになった。替わって三番目の兄が、苫小牧の高校に汽車通学をしていた。いずれ下の兄達も、苫小牧の高校に出ていかねばならなくなる。

長兄には、転勤の話も出始めていた。

父の仕事も、トラックで運ぶものが木材から砂利に変わっていった。

苫小牧では大きな港を造っていて、街は様変わりしていった。道路も鉄道の線路も、変わるのだという。日高から苫小牧・室蘭間の国道は、ただひたすらに海岸縁《ぶち》を走っていた。

国鉄の線路も国道に並行していた。

苫小牧の市街に入って、やっと線路は駅の方へカーブして、国道とは分かれていった。

父のトラックに乗せてもらった私は、父の膝に乗り、運転させてもらった。もちろん運転の真似事なのだが、得意気だった。

鵡川を過ぎて勇払原野に差しかかると、道は広く、平坦になる。行きかう車は滅多にない。すると父は、ハンドルに添えていた手を離して任せてくれた。

そこに、たまたま貨物列車が並び、追い越していった。「スピード出せ‼」と、父に命令して、勝手にクラクションを鳴らした。

再び列車と並走すると、気づいた機関士は笑って汽笛を鳴らしてくれた。かま焚きさんもニヤニヤしながら、必死を装い石炭をくべていた。あっさり列車は車を抜いて、遠ざかっていった。ポッポーと、煙をなびかせ去っていった。

やがてこの道のあたりまで、港が掘り込まれるということだ。

父のトラックが旧式に見えてきた。ダンプカーが登場してきたのだ。

運転席からの操作で、荷台の片方が迫り上がり、砂利などの積み荷が一気に滑り落ちるのだ。角スコップで降ろすのとでは、効率の差は歴然だった。

苫小牧の高校に通っていた兄達は、授業が終わると勇払まで駆けつけ、荷降ろしをしばしば手伝った。父や兄達の労働の代価は加算されることはなく、あくまで運搬する量でしか見てもらえないことに私は釈然としなかった。

ダンプカーは回数を稼ぐため土煙を舞い上げ、港を往復していた。

世の中は否応なく変わっていき、私の身近なところでも、変わらざるをえない情況になっていった。

父達は、苫小牧への転居を考えていたようだった。


小三の夏休み、西瓜が大豊作だった。

西瓜のせいで何度もオシッコに起きた。外で用を済ませた滋兄が、震えながら戻ってきて、父を起こした。

「父さん、西瓜畑に人がいる、西瓜泥棒だ」

すると父は「盗まれても、せいぜい二個だ」と、寝返りをうって寝てしまった。「リヤカーで運ぶかもしれないっしょ」と窓から見張っていたが、滋兄は寝てしまった。

その時、沙流川の向こうの山から明かりが見えた。チロチロ揺れる明かりは一つ増え、二つ増え、行列になって山あいを下り、川上に向かっていった。松明のような明かりは、十数個連なっていた。

翌朝、自分のオネショで目が覚めた。夜半に見た不思議な明かりのことは誰も信じてくれず、滋兄には「道子、寝ぼけて寝小便してるさ」とからかわれ、泣き出した。

父は「ヨシヨシ、今日は川に泳ぎに行こう、その向こう岸に行ってみよう」と言ってくれた。

兄達は沙流川の急流をカッパのように泳ぎ切り、向こう岸に上がっていった。

私は父の背中にまたがって、背中にしがみついた。父は流れの速さを計算に入れて、少し川上からゆっくりと泳ぎ出した。

もし背中から落ちてもあわてるなと言われていた。浮かび上がる所に兄ちゃん達が浮輪や縄を投げ入れてくれるからと言われていたが、父は安定した泳ぎであっという間に泳ぎ切った。エスも泳いだ。

昨夜の不思議な光景のあたりを見回したが、崖になっていて人が列になって歩ける場所ではない。人でなければ何だったのか。

明るすぎる太陽が、やっぱりあれは寝ぼけて見た夢なのだと思わせた。

兄達が何かを見つけたのか騒いでいる。台風で倒れ、洪水で埋まった電線だった。綱引きのように手繰り寄せ、掘り出した。銅線だったので、屑鉄屋で二千円近い高値で引き取ってもらえた。

ちなみに、西瓜はゴロゴロ生りすぎて、盗まれたかどうかなどさっぱりわからなかった。

秋になり、学校行事の焚き木拾いのために裏山に行った。毎年の全校行事だ。学校の各教室は石炭ストーブだったが、最初に火をつけると燃えやすい「焚きつけ」というものが必要だった。

裏山には植林された落葉松《からまつ》林があった。春先に枝打ちした小枝が、秋には乾燥し、程よい焚きつけとなった。

私はこの仕事が大好きだった。林の中は良い薫りがした。風が吹くと、黄色の針のような葉が日の光を浴び、シャラシャラと音を立てるように降り注いでくる。リスのように何の決まりもなく、好きなだけ、好きなように集める仕事に張り切った。落葉松林の東に、村の墓地があった。薪拾いをちょっと抜けて、母のお墓に行ってみた。

木の墓標に萩の木が、枝垂れかかっていた。母が好きだったという花を、私も好きだ。小さな赤紫の花もかわいいが、丸い小さな葉も好きだ。葉は黄葉していた。お墓を建てた時、近くの草むらから父が萩を移植したのだ。

最近、誰か来たのだろうか。線香の燃えかすの横に、濡れたタバコが落ちていた。離れた所に火葬場の煙突だけが見える。お盆でもお彼岸でもない日は、やはり淋しい。

「こんな所に住んでて、おっかなくないのかい」と、火葬場に住んでいた奥さんに聞いたことがある。あれはいつだったか。お参りが済んで帰る時、父が持っていってやりなさいと言った供え物が、御萩《おはぎ》もちだったから、秋の彼岸だったか。

「生きてる人の方が、喋るからおっかない」と、そのおばさんは笑っていたっけ。

遠くで「オーイ、帰るぞ」の先生の声と、ピーと呼ぶ子が鳴った。

その後、母の墓は苫小牧に移されるのだが、母の墓というと萩の墓が思い出される。

流れる雲

やがて秋も更けて、冬支度の季節になった。雪虫が舞う頃には、漬物用の大根は、大方干し上がっている。

父が薪にする丸木を、トラックいっぱいに積んできた。薪伐りを生業とする吉田のじいちゃんが、大きな鋸《のこぎり》を持ってきた。持参の台に丸木を載せると、ペッと手に唾を吐きかけ鋸を握る。材木にできそうもない、空《うろ》や節のある、くせのある木ばかりだが、難なく伐っていく。

見ていると私はいつも、ある歌が頭に響く。

ムーラノ、ワータシノ、セーンド、サンワー

『船頭さん』という童謡だ。

ムーで軽く鋸を先に出し、ラノで力いっぱいに鋸を挽く。その、挽く一拍と小休止の間に、小刻みに頭を三回振る。恐るべきリズム感だ。

しかし感心して怠けてはいられない。私には私の仕事の持ち場がある。薪を積む仕事だ。家の壁、物置小屋の壁、壁という壁に積んでくのだが、コツがあるのだ。

両端に杭を打ってもらうが、杭を当てにして負担をかけないように、両端は井型に積んでいかねば横に崩れる。積み始めは壁から手の平くらい離して、上に行くにつれ壁に近づけていくと、前には倒れてこない。

私の働きは微々たるものだが、ミケの手よりはましだ。男手が六人もあるものだから、仕事は早い。これでいつ雪が来ても凍える心配はない。夕焼けに、ゴマ塩をまいたようにカラスが山に帰っていく。

西の空に星が光った。

「一番星見つけた。母さんの星だ」と私が叫ぶと、片づけの手を休め、しばしみんなで西の空を見上げていた。

私の病気は治まる気配がなかった。

首の周りのリンパ腺に小さなしこりができると、時間をかけて大きくなっていき、軟らかい餅のようになっていく。

化膿が進み、皮膚が薄くなるほど腫れると、町立病院に行って切開してもらった。麻酔は、頭に近いことや、度重なると身体の負担になるということで、かけなかった。

メスで切るのは一瞬だが、膿をしぼり出すのは、ペンチか鋏《やっとこ》で、つねりあげられるように痛かった。だが五分の我慢で済むことだ。

仕方のないことと私は思っていた。諦めでも、投げやりの気持ちでもない。上手にそんな気持ちを説明できない。

少し鼻が高かったらとか、もう少し背が高かったらと思うのと同じ気持ちだが、しかし、私のことで家族を悩ませるのは辛いことだった。

初雪が降った朝、エスが死んでいた。

玄関先で見つかった時には冷たくなっていて、うっすら雪をかぶっていた。

エスは滋兄のために貰ってきた犬で、兄の名前の頭文字を取ってエスとつけたらしい。兄と同じ十二歳くらいだった。

でも、私の方がエスといっぱい遊んだし、エスの秘密を知っている。とある農家の前を通った時、子犬が五匹走ってきた。エスに似たのが三匹いた。

「おまえの犬かぁ」と農家のおじさんが怒鳴ったから、「私の犬じゃない」と返事して、小さな声で「滋ちゃんの犬だもんね」と呟いた。母犬が尻尾を振っていた。

エスは、保健所が野犬狩りのためにまいた毒饅頭を食べたらしく、泡をふいていた。

兄達は「エスは、苫小牧に引っ越したくなかったんだね」とか、「必死で家まで帰ってきたんだ」とエスの死を悼んだが、私は一言「ありがとう」の気持ちだけだった。

根雪になる前に姉が、「オキクルミ様のお参りに行こう」と言った。

オキクルミ様というのはアイヌの神様で、おばあさんが一人、庵に住んで奉っていた。

　義経神社の下を通り過ぎて少し行くと、左に細い坂道がある。それを登っていくと遠くを見渡せる丘に出る。その丘に、小さな庵があった。平屋の庵の後ろに、大きなオキクルミ像が建っていた。オキクルミ像は立派な髭をたくわえて、威風堂々と沙流川を見おろしていた。

　前にも連れてこられた記憶がある。その時は春だったのか、見渡す限りにカタクリの花が咲いていた。赤紫色の妖精のような花は、まるで、ひそひそ話をしているように揺れていた。カタクリの花のせいか、厳ついオキクルミ様が、少し御茶目に見えたものだった。肩に雪を載せ、北風に立つオキクルミ様が本来の形に見えた。

　八のつく日はお参りの日なので、勝手に入って良いのだと、姉が言った。そっと入っていくと、この庵の主のおばあさんと先客がお祈りしていた。後ろに座って一緒に手を合わせた。

　祭壇はお寺と比べて、なんら変わっているようには見えなかった。よく見ると、小さな母の写真も並んでいた。

すぐにお祈りは終わり、「さぁさ、寒いから囲炉裏で温まろう」と、言ってくれた。おばあさんは口の周りに入れ墨をしていたが黒い瞳が優しげで、少しも怖くなかった。

囲炉裏の自在鉤《じざいかぎ》にぶら下がった鉄瓶が、シュンシュン湯気を出していた。「神様は、上《あ》げるより下《さ》げろって言ってなぁ、お供えする気持ちが大事なんだ」と、お茶とお菓子を振る舞ってくれた。やがて大人の話から抜けて、本堂に一人戻ってみた。

『この子は優しい子だ。浮かばれない霊が、助けを求めてすがりつくのだ。すがりつかれても沈まない強い子だから、やがて取りついていた霊が成仏すると、守護霊となって盛り立ててくれる』

そんなおばあさんの言葉に、母もすがったのだろう。

一歳で医師に匙を投げられ、上下四本の歯を出して泣く写真を、もしもの場合のために写すしかなかったのだ。私がその写真を見つけると、父は取り上げ、破いてしまった。だから私には赤ん坊の時の写真が一枚もない。

しかし、その写真が、寺の祭壇に置かれた母の写真の横に並んでいた。母の遺影写真と、遺影写真となるはずだった私の写真が並んでいた。

私は泣いた。でもその涙は母をはじめ、すべての人やすべての物への感謝の涙だった。

それにしても、私が優しい子かどうか知らないが、取りついた霊は多すぎないだろうか。

首の周りをひと回り侵されたら助からないと、医者の話を盗み聞きした。もう、右の耳の下から、首の前を通って左のうなじまで侵攻している。時間がない。

私もおばあさんの話を信じることにした。それしか希望を持てる話がないと思った。心の中で「おまえ達、早く成仏しろ」と霊に叫び、本堂にあった太鼓をたたいた。「私が死んだら、一緒に焼かれるぞ」と心で叫び、太鼓をたたいた。

私の背より大きな太鼓は、力いっぱいたたくと、真ん中に命中し、心も震え、すっきりした。

姉が出てきて「太鼓、いたずらしてたの」と私に言って、送りに来たおばあさんには「すみません」と謝り、「春には苫小牧に引っ越しますが、どうかお元気で。本当にお世話になりました」と礼を言った。

帰り道、坂から遠くを見ると、山並みの上を白い雲が浮かんでいた。もっと上空を見上げると、様々な雲が形を変え、色を変え流れていく。

私は十歳になったばかりだった。これからどんな人生が待っているのだろうか。私の人生はいつ終わるのだろうか。

それは雲の流れに似て誰にもわからない。

私が生まれてきたばかりに、母の命を縮めてしまった。姉や兄達の人生を狂わせてしまった。父に苦労をかけてしまった。

そんな仕方のない思いが、雲のように沸き立つことがある。

雲の流れは風まかせだが、人は心がある。心の持ち方で流れを変えられることだってある。

過度に嘆くまい。過度にはしゃぐまい。

流れる雲の果てなど、知る由もないのだから。

第二部　苫小牧《トマコマイ》、そして弟子屈《テシカガ》にて

再発

約三年間、カリエスで寝たきりの入院生活を送った。十代の私は、流れる雲をただ見つめ、人生は雲の流れのようだと思ったものだ。

父のトラックで苫小牧に越してきたのは、昭和三十二年の春だった。生まれて十歳まで、日高の平取町で育った。平取は沙流川という急流によって、害も受けるが豊かな恵みも受けるという土地柄であった。昔、アイヌの都が栄えたということも頷ける。

源義経は奥州から逃れ平取に辿り着いたといわれている。

馬術の名手といわれた義経を祀る神社は、日高地方の馬主が奉納した源氏縁《ゆかり》の白旗がはためく荘厳な神社である。

私は一歳で手の指一本を失い、又六歳で母を亡くすという不幸はあったが、温かい家族と、揺り籠のような古里でのびのびと育った。

しかし、父は五人の兄達と姉と私の教育や就職のことを考えて、苫小牧に越してきたのだ。そして、浜町に古い家を買った。

私はトラックを飛び降りると、まず海に行った。

ウアーッ、なんて広いんだ。水平線がレンズのように盛り上がっている。波打ち際は、右を見ても左を見ても霞んで見えなくなるまで続いている。陸地も広く平らであり、北西に樽前山《たるまえさん》というどっしりとした山が控えていた。

苫小牧は王子製紙の城下町ともいわれ、繁栄しているように見えた。

王子製紙の社宅がたくさん並び、一条通りには市場が三つも四つもあって、買い物客であふれていた。映画館や飲食店、そして専門店が軒を連ねて、昼も夜も賑やかであった。

私は苫小牧西小学校に四・五・六と三年間通った。西小学校に転入して驚いたことが三つある。

一つは給食だ。

平取の時は弁当持参で、姉が麦飯を炊いて作ってくれた。西小学校は、学校の中に給食の調理場があり、温かいスープ等が作られ、生まれて初めてシチューを食べた。色が白いカレーかと思った。

二つめは、女子が持っていた紙石鹸なるものだった。

給食の前に二、三人の女の子が「手を洗いに行こう」と誘ってくれた。みんなポケットから、三センチほどの赤やピンクのセロファン紙に似たものを取り出した。それは薄っぺらくて十枚ほどの束になっている。

「それ何」と聞くと、「一枚あげる。紙の石鹸」。

ハンカチを口でくわえると、それで手を洗い出した。ヘェー、町の子は洒落《しゃれ》てるとたまげた。

三つめは王子製紙の組合闘争のことだ。

友達と佐羽内沼《さばないぬま》に遊びに行った帰りのこと。たくさん並んだ社宅のある一軒の壁に、大きくペンキで『犬の家』と書かれていたのだ。窓ガラスも割られ、ベニヤ板が張ってある。

「あの家どうしたの」と聞いても、友達は「知らない」と口を噤《つぐ》んだ。

クラスの大半の子は親が王子製紙に勤めている。私から見ると、王子製紙に働く人は一般の人よりも恵まれていると思うのだが、子供には理解できない大人の世界を覗いたようで、衝撃を受けた。

家の中でも怪しいことが起こった。滋兄が真顔で「この家お化けが出る、道子は気づかないか」と言ってきた。

三歳上の滋兄は、弥生中学の一年生になっていた。平取にいた時は、チャンバラや漫画を描いて遊んでばかりだったのに、最近は勉強ばかりしている。

「昼間でも、誰もいない時はお便所が怖くて行けないし」と打ち明けると、やっぱりという顔をした。

夜中の十二時五分になると決まって、離れの仏間の方から廊下を伝って近づく気配がする、という。そして、滋兄の部屋の前で止まり、ドアをカリカリと引っかくというのだ。

確かに、この家はお化けが出る雰囲気だ。元は網元の住まいだったというだけあって、広い。廊下も磨き込まれて黒光りしているが暗い。

父は「鼠だ」と言った。

八人で賑やかだった家族も、姉や兄達の結婚や転勤、又遠くに就職したりで、家の中が淋しくもなった。その頃から滋兄は、母の写真と数珠を肌身離さず持ち歩くようになった。

母が死んだ時、滋兄は九歳であった。丁度母親が恋しい年頃だったのであろう。母が入院していた頃のこと、滋兄は四歳くらいの私と兄の愛犬であるエスを連れて、病室の窓下で「母さん、母さん」と泣いたことがある。エスもうな垂れていた。

幼い私は母よりも兄がかわいそうで泣いた。結核で母はもう窓辺に寄ることも、起き上がることもできなくなっていた。

母が亡くなり、間もなくかわいがっていた犬も死に、野山を駆け回った友達にも別れて苫小牧に来たが、すぐになじむには難しい性格と年頃であったのかもしれない。正光寺さんの住職が月命日に来た時に、どうすれば死んだ人が喜んでくれるかと聞いていたこともある。

お盆が近づいたある日、みんなで仏壇の掃除をしたり、ナスにマッチ棒で足をつけ馬を作ったりで、お迎えの準備をしていた時のことだ。

母の骨箱から音がした。カサッ、カサカサ。思わず兄と顔を見合わせた。

すると、父は明るい出窓に骨箱を持っていき、蓋を開けた。薄い骨を指で摘《つ》まんで

「これが頭の骨だ、白かったが、だんだん茶色になって土に還っていくんだなぁ」と、亜麻色の骨を戻し、軽く指で押した。カサッ、カサカサとさっきの音がした。盆が過ぎ、彼岸に母は納骨された。

昭和三十五年。私は弥生中学校に入学し、滋兄は弥生中を卒業して高校生になった。

私は入学してから、右足を引きずり登校した。鞄が重たくなったせいだろうか。成

長痛というものであろうか。まぁ、そのうち治るだろうと軽く考えていた。

それより、新しい学校生活に慣れるのに必死であった。

一年生は十クラスまであり、プレハブの校舎が建て増しされた。いわゆる、戦後のベビーブームに生まれた、団塊の世代である。敗戦国である日本が復興するために、教育に異常なほどの期待と情熱が注がれた時代だ。

入学して間もない実力テストの結果が、長い廊下に張り出された。組・名前・得点・順位が、一位から最下位まで発表された。これが中学校というものなのか。さすがにやりすぎということで、後《のち》に上位のみの発表となった。

今までは浅瀬で泳ぎの真似をしていたのに、いきなり本流に投げ込まれたようで、思わず身震いした。

ある日の放課後のこと、担任に職員室に来るように言われて、ついていった。入ると担任ではない先生に、「おまえが田仲の妹か」と、いきなり訊ねられた。どうやら入れ違いで卒業していった滋兄の担任だったらしい。

「どうした？　実力テスト、兄貴はいつも一番だったぞ」と高飛車に言われた。

それがどうしたと言い返したかったが、「私は兄達とは出来が違うようで、いつも橋の下から拾ってきたと言われてます」と、笑ってみせた。

生真面目な滋兄から「ふざけるな」「ごまかすな」「嘘つくな」と、率直な言葉で叱られていた私だ。確かに兄とは性格も頭の出来も違う。

先生は苦笑いしながら「滋は絵に描いたような秀才だ。先生はおまえにも期待しているからな」。

勝手に期待されても困る、と思った。

父の教育方針は放任主義。勉強したい者だけ勉強すればいい。本当に頭のいい者は何をしても生きていける。分相応、負けるが勝ち、急がば回れ。

そして寝る時の口癖はこうだ。

「極楽、極楽、寝るより楽はなかりけり、どこかのダレカさんは起きて働く」というものだった。

私は面白がって唱えていたが、当然兄達は「呑気な親父の言葉など鵜呑みにするな」とか「身を立てるには、真面目に勉強と努力しかない」と反発もあったようだ。

息子というものは父親に反発し、乗り越えていこうとするものなのか。何で兄達はあんなに必死になって勉強するのか、わからなかった。

兄達は凍てつく冬には、裸電球を押し入れに引き込み、明かりと暖を求めて蛍雪の時代を励んで来た。私も少しずつではあるが、裕福な親戚ばかりなのにウチはどうして差があるのかと疑問に思い始めていたのも事実だ。

東大を出て日銀に入ったという従兄の写真が送られてきたり、「ウチの娘なら、皇太子様のお后候補になっても恥ずかしくない」という声も聞こえたりした。

私は漠然と、無邪気な時代は終わったなと感じて、気が重くなった。

ゴールデンウイークが過ぎた頃、下校の時に雨に降られて熱を出してしまった。夕食も食べられず、朝には立ち上がれなくなっていた。

どうにか自転車の荷台に座り、姉が目と鼻の先にあった市立病院に連れていってくれた。即入院となった。

昭和三十五年の五月のことだった。

それから約三年間、ギプスベッドに固定され寝たきりの入院生活を送った。

おうい雲よ

入院当初は内科の古い病室に入れられた。肺結核を疑われたらしい。しかしX線検査で肺に影はなく、検査が続いた。

薬のおかげで熱も下がり、一人でトイレに行っていたので、すぐに退院できると思っていた。

数日後の朝、婦長が来た。

「みっちゃん、今日から整形外科の先生に変わります。当分の間、身体を動かせなくなるの、トイレもおまるでしてもらうね」と言った。

身体を動かせない事情が呑み込めず、「家の者と相談します」と言った。

「昨日、お父さんが見えて、先生にお任せしますと言って帰られたの」

確かに昨日父が来た。しかし「頑張れよ」としか言わなかった。

「結核性股関節リューマチで、今すぐ治療を始めないと歩けなくなってしまうの。だから我慢して頑張ろうね」と手を握ってくれた。

「もう一回だけ、最後にもう一回だけ歩いてトイレに行かせて下さい」と頼んだ。

木のサンダルに履き替えて、水色のタイルの上をカランコロンとわざと音を立てて歩いた。トイレの窓から空を見て、鳥にでも、あの白い雲にでもなりたいと心の底から願った。

右足は炎症によって、短期間のうちに七センチも縮んでいた。

治療は薬と注射と縮んだ足を伸ばすことだ。右足の外側と内側に、幅十センチもある粘着テープを張った。ふくらはぎには車輪が四個ある、ローラースケートのようなものを、これまたテープで固定した。

「何をするんですか」と聞く前に、ベッドの上にレールを置いて、車輪の足を載せられた。

「私の右足は列車ですか」と問う前に、ベッドの柵に滑車を取りつけて重りをぶら下げた。ズッズーと足が引っぱられていく。当然、身体は足元の方にずれていく。

ずれないために、足のつけ根に輪っかをはめた。輪っかから紐を延ばし、頭側のベッドの柵に結びつけた。

いったい誰がこんな装置を考えたのか。すべて七センチ縮んだ右足を伸ばすためなのか。

このまま三週間引っぱると言われ、だから、三週間で退院できると思っていた。

古い病室は、耳の遠いおばあさんとの二人部屋だった。

「おばあさんは入院長いんですか」

「この部屋は、もう長くはない人の部屋だワ」

話が噛み合わない上に、恐ろし気《げ》な話をする。ということは、このベッドに寝ていた前の方は治って退院された訳ではないのだろうか。

救いは看護婦詰め所が隣だということだ。夜中に淋しくなると、ナースコールのボタンを押して「オシッコ」と看護婦さんに来てもらった。

病院では「お小水」「お便」という言葉を使う。

これが標準語なのか。

ベッドに縛りつけられて、かれこれ十日、お小水は慣れたが、お便は出ない。おなかが張って苦しい。横向きになりたいがそれもできない。

四、五歳の頃を思い出していた。

幼い私は、下痢と便秘の言葉を逆に覚え込んでいたらしい。

おなかが下っていたのに「ベンピー」と自己申告して、富山の薬箱から下剤を飲まされた。

お便が出ないのに「ゲリ」と言って、下痢止めを飲まされた。

どちらも酷《ひど》い目にあったはずなのに、すり込まれた言葉はいつまでも私を混乱させる。

もしかして看護婦さんに間違って伝えたのではないだろうか。あの赤い錠剤は下痢止めだったのでは。ナースコールをして、はっきり伝えた。

「お便が出ないんです」

婦長が来て「明日、浣腸しますね」と言った。

これも幼い時のことだが、浣腸遊びというのがあった。望んで参加した訳ではない。

「私は忍者、霧隠才蔵《きりがくれさいぞう》なり」と印《いん》を結ぶ奴がいる（後の時代ルーティンともいう）。突然そのまま「カンチョウー」と、人の尻めがけて追いかけてくる。その恐怖たるや。浣腸は怖い、恥ずかしい、絶対に嫌だ。

しかし同時に、フン詰まりのロックのことを思い出した。

ロックは鶏の種類名らしいのだが、飼っていた中に一羽だけ紛れていた。白黒霜降りでかわいいのだが、食い意地の張った奴で仲間を蹴散らして食べるものだから、とうとうフン詰まりで死んでしまった。尻のあたりが腫れ上がり、痛ましかった。

ロックみたいになったらどうしよう。しかし、浣腸も嫌だ。

そんな訳で今夜中にどうしても出したい。兄二人と、姉に夜九時過ぎに来てもらった。看護婦が「消灯です」と九時に来た後には、呼ばない限り夜中の見回りまで来ない。患者も消灯前には用を済ます。

同室のばあちゃんは耳が遠いし、就寝時には各ベッドの周りをカーテンで閉《と》ざす。

中庭の寄宿舎側には、夜でも開く戸口がある。そこから三人は忍び込んで来た。

次兄のユタカ兄に背負ってもらい男子トイレに入る。男子の個室ならなお人は来ない。

　和式の便器にまたがるように背から降りたが、足が震える。

「ダメだ、立ってられない」

「戻るかい」「イヤダ」「オレに摑まれ」と壁を背に両手で突っ張り、膝を少し曲げてくれて、それに摑まった。

「箸持ってきたかい」と小声で聞くと、「ちゃんと持ってきたから、踏ん張りな」。

　すっきりして部屋に戻り、元のとおりに、重りをつけられた。

　仕事を無事やり終えた達成感からか、三人は次々に口を開いた。

「箸、ちゃんと捨てろよ」

「洗って箸立てに戻しとくわ」

　見張り役の滋兄は「道子のウンコタレ」。小声で軽口をたたきながら帰っていった。

　何とでも言え。

　もうロックみたいにはならないし、浣腸もされない。入院以来、その夜はグッスリと寝た。

翌朝、検温で起こされた。

「お小水は何回だった」と、脈をとりながら聞かれたが、お便は、とは聞かれなかった。何か嫌な予感がしたが、案の定、浣腸されてしまった。

「案外少なかったわね。たくさん食べなきゃだめよ」と注意されてしまった。

浣腸されたことは、姉や兄には言えなかった。助かった、楽になったと、彼らの功績にしておいてやりたかった。

本当に私の家族はいい人ばかりだ。

浣腸された私は十三歳の恥じらいを捨てた。病気が治るなら、どうとでもしてくれという心境になった。

ただ、同室のばあちゃんが「ゆんべ何かザワザワするもんで、お迎えが来たかと思った」と看護婦さんに言いつけるものだから、肝を冷やした。

足の牽引を始めて三週間がたった。

重りを外して粘着テープを剝がすと、テープの幅に水脹《みずぶく》れができていた。その治療をしてくれている看護婦さんに、「もうすぐ退院できますか」と聞いたら、「まず皮膚を治してからだね、まだ起きたりしたらだめよ」と言われた。

七センチの縮まりは治り、両足の踵が揃った。一ヵ月近く学校を休んでいるが、もうすぐ行ける、と思っていた。

毎日滋兄が学校帰りに寄って、勉強を見てくれていた。だからそう遅れはない。治ったら頑張ればいいと、晴れやかだった。

しかし結核性のカリエスという病は、そう甘いものではなかった。

水脹れの跡は、ヘビの抜け殻のような皮がペロリと剝がれて、あっさり治った。水脹れ跡が治ると病室を移ることになった。新館の二階が主に整形外科病棟であり、設備も整っているとのことだ。

ストレッチャーに乗せられて病室を後にする時、同室のばあちゃんが「退院かい、良かったね」と金平糖を紙に包んでくれた。

「ありがと」

退院のようなものだ。初めてのストレッチャーに、心ははしゃいでいた。

移動の途中、旧館の端にある個室の中に、なぜかストレッチャーは入っていった。部屋には色白のお姉さんが一人寝ていた。

「みっちゃんなの？」

お姉さんのベッドに私のストレッチャーが横付けされると、お姉さんは封筒を差し出し、細い声で「時々でいいから手紙下さい」と言った。手渡された便箋には『同じ病気なの、特効薬が出たから必ず治るよ。坂本』と書いてあった。

整形外科の病棟にはドアがなく、カーテンで仕切られていた。廊下の西側は男性の大部屋が並んでいる。なぜかストレッチャーは、今度は男部屋に入っていった。

「二〇二号室に入る田中のみっちゃんデース、しばらく動けないのでよろしく」

「長坂さん、みっちゃん、同じ病気なの」

と、婦長が真ん中のベッドの人に声をかけると、

「おおっ、おおっ頑張れ」と、俳優の宇野重吉に似た目をした長坂さんは、くぐもった声で言ってくれた。

長坂さんは私と同じカリエスで、十年もギプスベッドに固定されて寝たきりなのだ

そうだ。

なぜわざわざ病室を移る途中に、二人の所に寄ったのか。世間知らずの私にもわかった。私の病気は厄介で長くかかるということだ。

それでも覚悟ができない私は、ことある毎に「いつ退院できますか」と聞いた。その度に金田先生は「必ず治してやるから」と、婦長は「若いし、新薬も出たし」と言ってくれるが、治る時期については明言を避ける。

思い返せば、一歳で指の切断手術をして、リンパ腺を化膿させて十三回も切開してきた。十三歳になるまでずっとこの病気だったのだ。

今度の病室は四人部屋だった。シニン部屋は語呂が悪いと真ん中にベッドを入れて無理に五人部屋にしていた。

先に三人のおばさんがいた。

「ワタシャもうすぐ退院だから、この窓側がいいんでない」と言ってくれた。

翌日、処置室に運ばれた。裸でうつぶせに寝かされ「何も痛いことないからね」と、白い布を被せられた。

そこに「まな板の鯉だな」と金田先生が入ってきた。足の長さが揃ったのを再確認して、「よし、右足ちゃんと伸びたゾ。又縮まらないようにギプスで固めるからな」と、何やら水色のフェルト状の物を足に巻きつけていった。爪先だけを出し、右足から右膝、腰、そして胸まで巻いていった。

それが終わる頃、看護婦が、白い液体が入ったバケツを持ってきて「石膏の固さ、これくらいでいいですか」と聞く。「いいんじゃない」と婦長が答え、先生もうんと頷いた。木綿の包帯をそのバケツに浸し、又巻いた。

「ミイラみたいだな」と私の気持ちをほぐそうと金田先生が冗談を言う。

チョークに似た臭いが漂い、教室の黒板を思い浮かべていた。

今頃は授業中だ。これで又しばらく動けない、と思った時、涙がツーッと耳に流れた。

ギプスは短時間でコツンと音がするほど固まり、動かせるのは左足と両手だけになった。

「いつまでですか」と聞くと「一ヵ月」。

これから暑い季節に向かう。

花江伯母さんが寝間着を二着作ってきてくれた。亡くなった母の兄嫁にあたる人だ。駅前に大きな屋敷があり、お手伝いさんが二、三人いて、その人達に縫ってもらったという寝間着は、二部式の着物のように上下に分かれていた。

「ホラこうすると、おまるを当てる時も大事なところが隠れていいでしょ」と、着替えさせてくれた。

私が一歳の時、指を切断するのに平取から出てきたが、母が倒れてしまい、父が手術に立ち会った。その時も世話になったと聞いている。

「ウチもタケノさんとこも男の子が多くて。そこにみっちゃんが生まれたんで、うらやましかったんだよ」と、かわいがってくれた。

母親代わりの姉のことも「年頃だし、いい人見つけてあげないとね」と言うことがあった。

「マーちゃんも本店に戻ってきたら、お嫁さんと浜町の家に入ることだし……」と、長兄を幾つになってもマーちゃんと呼び、母親のいない私達きょうだいを、自分の家のことのようにあれこれ算段する人だった。

伯母の言葉から、私の病気が長丁場になるということを感じ取った。

坂本のお姉さんや、長坂さんのように長く寝たきりになるのだろうか。

同じ病気の人達に自分を重ねた。

闘病生活という言葉があるが、何とどう闘えばいいのだろう。

金田先生の言うように、今の私はまな板の鯉だ。

空しか見えない窓を見上げた。

眩しく青い空が広がっている。

初夏の風に吹かれ雲が流れていく。

流れる雲を見て、教科書に載っていた山村暮鳥の詩「雲」を思い浮かべた。

『おうい雲よ
ゆうゆうと
馬鹿にのんきさうぢやないか

どこまでゆくんだ
ずつと磐城平の方までゆくんか』

なんと伸びやかに、今の私の気持ちを代弁してくれる詩ではないか。

入院しているとラジオもないので退屈だ。そこで色んな人が、本を貸してくれる。詩集だったり、文庫本だったり。小学校の先生が入院していた時には、国語の教科書まで貸してくれたこともある。

たくさん読んだ本の中で、いつまでも心に残る記述があった。題名も作者も忘れたが、南の洋上に浮かぶ屋久島のことが書かれていた。北国に生まれた私はその南の島に胸躍らせた。中でも何千年も生き続けている杉の木があるというのに驚嘆したものだ。

屋久島は火山によってできた島であり、土は栄養に乏しく、台風の通り道だそうだ。植物にとって過酷な土地なのである。種が落ちて芽を出した場所で生き抜かねばならない。少しずつしか成長できないので、木は堅くなる。傷つくと脂《やに》を出す。脂は木を腐りにくくする。

岩にしがみつき、風雪に身を捩《よじ》り堪《た》えてきた。樹齢千年以上でなければ、屋久杉と呼ばない。三千年以上で弥生杉。六千年以上で縄文杉といわれるが、実際のところは謎だそうだ。

私は指が欠けて、首周りの傷跡がケロイド体質で盛り上がり、今又こうして寝たきりになっている。いつ治るとも知れない。入院費は嵩《かさ》む。みんなに迷惑をかけている。死にたいとは思わないが、私が生きていることは無駄なのではと、ボンヤリ思っていた。


屋久島の杉は何のために生き延びている？

私も何のために生きている？

ただ孤高の縄文杉が踏ん張って立っていると思うと、動けないもの同士、繋がっているようで、心が温かくなった。

それぞれの場所で踏ん張って生きていくより仕方がないのだろうか。

絶望

整形外科に入院してくるのは男性が多い。仕事や車の事故で怪我をした若い人が多かった。

その中の一人にカッチがいた。

トラックの運転手で二十歳だというが、五歳は若く見える。モグラに似ている。

細い足に、これでもかというギプスをしている。「金田のヤロウ、石膏余ったもんだから、塗ったくりやがった」と言う奴だ。

身の丈に合う松葉杖がないのか、両肩が上がり、その分、首を前に出して歩く。退屈なのかあちこちの病室を遊び歩いて、いつも看護婦さんに怒られている。

「カッチ。又、産婦人科の病室に行ったしょ」

「間違ったの。戸、開いてたからさ」

そんなカッチでも優しいところがあった。

男の人は毎晩八時に出前を取った。カッチは私に驕ってくれる。最初のうちこそ、お金を持っていないので、「私はいい」と断ったが「オレ保険金入るんだ」と、同じラーメンを取ってくれた。

「寝たきりで、熱いラーメンをよくかっぱがさないな」と感心されたが、私は順応性があった。水を飲むガラスの吸い飲みなんて使わずコップでゴクゴク飲んだ。

そのうちカッチだけでなく、色んな人が紙とエンピツを持って注文を取りに来た。

「今日はざる蕎麦」

どうやら隠れて花札をやっているらしく、負けた人が私の分も勘定に入れて払ってくれるらしかった。

日劇の向かいにあった『しな乃』は、蕎麦もラーメンもおいしかった。

「母さんは意気地《いくじ》がなかった」

ポツリと、父が言ったことがある。

群馬県の貧農に生まれた母は、魚も肉も食べずに育ったため、病に倒れた後も滋養のあるものでも生臭いと口にしなかった。オブラートに包んで飲み込んでも吐いたそうだ。だから私は何でも食べた。

ギプスにして一ヵ月になる。七月に入り、さすがに蒸れて痒い。ギプス経験者の中には物差しで掻く者がいるが、カッチは自分で針金の孫の手を作った。

「貸してやるか」

「いらないよ」

汚そうだもの。それに胸元から右足の指根まで覆われていて、届くものか。足の指をしきりに動かして気を紛らした。

やっとギプスを外す日が来た。二人の看護婦が、電動丸鋸とシートを携えてベッドに来た。

ヴィイーン。ここは工事現場か。

「絶対、絶対、皮膚は切れないよネ」

「大丈夫、肌に触れたら、ピタッと止まるから」

信じられない。勢いというものがある。車だって急には止まらない。皮膚なら一ミリでも痛いゾ。昔はナタで割《さ》いたそうだ。それも怖いな。

白い粉を巻き上げて、掘削機のような振動が伝わる。脇腹を丸鋸が掠《かす》める時は、死ぬかと思った。

蓋を開けるようにギプスを外した。蒸しタオルで身体を拭いてくれたが、背中側を拭き始めた時に、看護婦さんがアッと、手を止めた。

すぐに金田先生が飛んできて、背骨と骨盤を触り「何でだ」と呟いた。そして、私の顔も見ずに病室から出ていった。その横顔は怒ったように上気していた。

私の病気は、右仙腸骨に転移していた。骨盤の上部にあたる所だ。歩けなくなるどころか、座ることもできなくなるかもしれない。

自分の手でそっと触ると、つきたての丸餅のようにプヨプヨと盛り上がっている。あぁ腰が化膿し出している。

私の病気が転移したことを、病棟のみんなはすぐに知ったようだ。

「夜食に何食べる」という声かけも遠慮がちになり、「食べたくない」と塞ぎがちになっていった。

ある日、賑やかなお囃子が聞こえてきた。七月十五日、樽前山神社のお祭りだ。御神輿が近づいてきたと、みんな道路に面した西側の病室へ行ってしまった。

その時、エリモさんと呼ばれる男の人とカッチが、私の病室に入ってきた。カッチはまだギプスだが、エリモさんはもう退院が近い。

「御神輿見せてやる」と、エリモさんは私を軽々と抱きあげて、窓辺のよく見える場所から覗かせてくれた。きらびやかな行列が練り歩いてくる。

ワッショイ、ワッショイ。

思わず手を振っていた。

すると、浴衣にねじり鉢巻きのおじさん達が気づいてくれて、一斉に団扇で私の方に、風を送るように煽《あお》ぐ仕草をしてくれる。

「ホラ、ご利益が来るよ」

「きっと病気も治るよ」と、おばさん達は涙を拭っていた。

お祭りの二日後のこと、「今、エリモさん退院していった」とカッチが教えに来た。

「なんで行く前に、教えないの」と責めているところに、エリモさんが入ってきた。

病院の前の果物屋から買ってきたのか、サクランボのケースを持っていて、私の床頭台に置くと、「カッチにやらなくていいからな」と言って、退院していった。

「エリモさんの本名、何ていうの」と、カッチに聞くと「知らない」と言う。

「病室に名札出てたべさ」

「オレ読めなかったもの」

「バカ」。よく大型自動車の免許が取れたものだ。

エリモさんは、襟裳町出身というだけで付いた呼び名だった。本名も知らず、ちゃんとお礼も言えないまま消えてしまった。


翌日、ギプスベッドが作られた。

うつ伏せに寝て石膏で型をとった。床擦れができないように、薄い綿《わた》と晒で被ってくれた。

カッパの甲羅のような中に、スッポリと塡《は》まって寝たきりになるのだ。

成長に伴って、半年毎に作りなおすということだ。

炎症の起きている骨は、溶けて腐り、変形する。それを食い止めるために、安静と固定が不可欠だったのだ。

横にも向けず、ひたすら上を向いて寝る。腹部を圧迫しないために「離被架《りひか》」というビニールハウスの鉄骨を小さくしたような物を置いて、その上をかけ布団で覆った。

薬はストレプトマイシン、パス、ヒドラジドの三種類が使われたと記憶している。毎日薬を飲み、毎日筋肉注射を打ち続けることになった。又、患部の膿を取り除く方法は、手術ではなくて注射針で吸い出すものになった。

辛い治療が始まった。

患部の仙骨は神経の十字路だという。回診の時うつ伏せにされ、消毒された。先生と、いつもより多い看護婦が来た。先生の冷たい左手が腰に当てられた次の瞬間、激痛が走った。

「ギャー」

身をよじろうとしたが、両手、両足をガッチリ押さえられている。そうか、大勢の看護婦は固定用員だったのか。

「先生、もういい、いいってばー」と叫ぶと、頭を枕に押しつけられた。

「ガンバレ、ガンバレ」

婦長が励ます。

「イヤダー、ガンバラナイ」

枕がグチャグチャになった。

大騒ぎして、その日の治療が終わった。五寸釘ほどの針だった。

太い注射器に二本分も膿が出た。だんだんと膿が少なくなって、血が混ざるようになったら、この治療は終わるという。

あと何回だ。


夕方いつものように滋兄が寄った。もともと色白だが、さらに青い顔をしている。

「徹夜したのかい」

「あぁ、試験があるから」

「無理するんでない」と言うと、「勉強するのが学生の本分だ」と相変わらず、真面目くさい。「食べな」と床頭台の引き出しを開けた。中には患者さん達から貰ったお菓子がいっぱいある。それを食べながらも、ポケットから単語帳を出して俯いて暗記している。

長兄のマサユキ兄は信金の穂別《ほべつ》支店に勤務している。父は朝早くから夜遅くまでトラックの仕事をしているらしい。

トイレにおぶって連れていってくれた次兄のユタカ兄は、公社の勤め帰りに毎日一個卵を持ってきて、目の前で割り、私に生卵を飲ませる。

測量士の三兄ミノルは出張から帰るといつも仕事の話を熱く教えてくれる。苫小牧工業高等学校の機械科を出た四兄のマコトは、砂川に就職した。口数が少なく、高倉健のようにカッコイイ。その兄が、淡いピンク色のモヘアのチョッキを贈ってくれた。どんな顔してお店で選んだのか。でも嬉しかった。

姉は家族の世話をしながら、時には親類のお産扱いなどの手伝いに行っているらしい。

私は充分に愛情をかけてもらっている。これ以上の心配はかけたくなかった。学生の本分が勉強することなら、今の私の本分は病気を治すこと。痛いのは、私の身体の中だけのことだ。痛い時だけ泣き叫べばいい。

しかし痛い治療がもうひとつ増えた。今度は顔半分が腫れてきた。虫歯ではなく、皮膚結核と診断された。

口の中も紫色に腫れている。口の中の粘膜が破れたら膿を飲み込んでしまい、肺結核や腸結核を引き起こすというのだ。口の中は消毒薬が塗られた。その消毒薬が濃紺なので、ニッと笑うと、昔の御歯黒みたいだった。

そして右頬を切開した。

「傷跡がエクボに見えるように、この辺がいいか」と、金田先生がメスを片手に言う。カッチみたいに心の中で『金田、コンニャロ』と叫んだ。

麻酔なしで一センチほど切った。それも痛いが、膿をしぼり出して、切り口からクリアガーゼを、レース編みの鉤針のようなもので押し込む時は、気が遠くなりそうだった。実際に失神してしまいたいと願った。

顔半分に大きなガーゼを当て、処置が終わった。

「女の子が生まれたんだ」と、珍しく金田先生が話しかけてきた。

「まだ猿みたいだけど、みっちゃんみたいにかわいくなればいいな」

〈ウルサイ、ウルサイ、ベンコフルナー〈おべっか言うな〉〉と睨みつけ、いつまでも泣きジャックリが止まらなかった。

カッチが退院していった。病院の前の果物屋にもうサクランボがなかったと、バナナを房ごと置いていった。

内地に仕事を探しに行くと言う。事故を起こしてトラックを壊してしまい、会社からもう来るなと言われたらしい。

かわいそうになって、「その髪型いいっしょ、なんか映画俳優みたいだ」と、ほめてやった。病院の前の床屋に行ってきたんだと、角刈りの頭をなでた。「じゃあな」と部屋を出ていく時、ジャンパーを肩に、小林旭風に出ていった。

エリモさんやカッチが退院していっても、整形外科は入退院の回転が速い。私だけが目処《めど》が立たなかった。

朝の「回診ですよ」の声に震え上がった。痛い治療に慣れることはなかった。看護婦さんの手に咬みついたこともあるし、猿ぐつわを咬まされたこともある。金田先生は「我慢しろ、必ず治してやるから」と言ってくれるが、十三歳の私には限界であった。

それからしばらくして痛い治療は終わり、飲み薬と筋肉注射が一年ほど続けられた。入院してから約三年で特効薬が劇的に効いて、私は治った。コルセットで保護しなければならなかったが起きる練習や歩く練習も、若かったので、驚かれるほどの速さでこなした。

そして昭和三十八年二月に退院できた。

病院の玄関先に出た時、あまりの眩しさに一瞬目を閉じた。スターがスポットライトを浴びた時のように誇らしい気持ちになった。首の傷がなんだ。頬の傷がなんだ。四本指がなんだ。短い足がなんだ。私だけの首飾りだ、指輪だ、勲章だ。

再入学

昭和三十八年四月、弥生中学校に一年生として、再び入学した。私は十六歳になっていた。三歳上の滋兄は福島大学の二年になった。

学校に行って不思議な気持ちになった。生徒の中にも教師の中にも、見覚えのある顔はいなかった。制服は、セーラー服から紺色のイートン型と呼ばれるものに変わっていた。校舎は変わっていないのに、三年間入院している間に、みんなゴッソリ未来に行ってしまった。そんな気持ちで放課後の長い廊下で立ち竦《すく》んだ。

そんな時、浦島太郎の昔話を思い出した。亀を助けた礼に竜宮城で数日間、歓待された。古里に戻ると、数十年も月日は過ぎていて、見知らぬ人ばかりとなっていた。

そんなお話だったが、取り残された淋しさが胸に迫ってくる。私は同級生より三歳上ということに、引け目を感じた。

浜町・幸町・元町あたりには、昔の友達がたくさん住んでいる。学校の行き帰りは、俯いて歩いていた。

ある朝、通学の途中のバス停に立つ旧友を見かけた。浜辺でよく遊んだ仲だった。高校の制服を着て、真新しい紺の鞄をさげていた。懐かしさでいっぱいだったのに、とっさに顔を背けていた。

教室では隣の席の子に「西小では見たことないけど、転校生かい」と聞かれた。「ウン、日高の方から」と嘘をついた。

真っさらな新入生として、やり直したかった。初めて英語を習うように「アイ・アム・ア・ガール」と教室でみんなと声を揃えて言いたかったのだ。

嘘をついたら、つき通さねばならなかった。身体検査で「誕生日いつ？」と私の記録票を覗く無邪気な子がいる。あわてて記録票の生年月日欄にある「昭和二十二年」を指で隠す。

私に構わないで、詮索しないでとオーラを発して、防御していたのかもしれない。どう溶け込んで良いか戸惑っていた。

ある日、廊下で隣のクラスの女子達に呼び止められた。

「ゴメンナサイ。どうして髪の毛そんなにきれいなの、顔も真っ白だし」

意外な問いに戸惑った。

日の光が届かない深海から漁師の網に引っかかった、珍しい魚を見るような目だ。「身体が弱くて外で遊べないからなァ」と苦笑いした。すると「ワァ、笑った」と他の女子も近づいてくる。私を何だと思ってたのか。ハーフかと思っていたそうだ。肌は白いし、髪も亜麻色だし、でも顔立ちは純日本的だし、話さないしと、みんな不思議がっていたらしい。

私の経験から、どんなに色黒でも、三年陽に当たらなかったら色白になる。髪の毛の色も抜ける。三年間洗髪しなければ、キューティクルは剝《はが》れ落ちず、キラキラヘアーになる。

すぐに日焼けして和風の風貌に戻った。学校にも溶け込んでいった。

三年遅れている私に対して、担任をはじめ各教科の先生達が、口には出さないが気遣ってくれた。

英語の教師は「英語が話せれば一生働ける」と言ってくれ、理科の教師は「理数系が好きなら、医者になりなさい。先生はドイツ語ができるから教えてやるぞ」と言ってくれた。

国語の教師は、学級新聞の作り方を熱心に教えてくれた。苫小牧東高校から新聞部の部長を招いて、各クラスの新聞係に指導してもらったこともある。その背の高い部長は、クラスは違ったけれど西小学校で同学年の人だった。もちろん、向こうは気づかなかった。

ガリ版で刷った学級新聞が、苫小牧民報社主催のコンクールで準優勝を貰った。記事の中で、テストの各教科の平均点を円グラフに表し、各自、自分の点数を書き入れるようにした。見出しは『大きく、大きく、丸くなぁれ』とした。それが評価されて嬉しかった。

私は生徒会の刊行委員長になって、学校の新聞作りに携わりたいと願った。先生に刊行委員長になるにはどうすれば良いかと訊ねると、「まず、生徒会長に立候補しなさい」と言う。会長にはバスケット部のキャプテンが立候補を予定している。人気も人望もあるのでほぼ決まりだが、やはり選挙は対抗馬がいた方がいい。

戦後二十年、男女平等の世の中、どんどん女性も社会進出しなければならない。我が校の教育方針もそういう気概のある女子を後押しすることだ、と言われ、生徒会長に立候補した。

やっぱり落選した。煽《おだ》てられたら、木の天辺《てっぺん》のその先まで登ろうとする自分に嫌気がさした。しかし刊行委員長になれることとなった。

そんな中二の秋のこと、父が弟子屈町に仕事を見つけて、三年間赴任することが決まった。六十歳を過ぎた父にとって、トラックの運転の仕事はきついはずだ。車も古く、収入が修理代と燃料代の下になることもあるようだった。

しかし、私の入院費のつけも残っている。家庭教師のバイトをしているとはいえ、滋兄の学費のこともある。

父は知人などに仕事の世話を頼んでいたらしい。そのうちの一人の方が願ってもない仕事を紹介してくれたのだ。

阿寒バスの整備工場の工場長という職だ。その知人は昔、父と共にバス会社を立ち上げた仲間であった。今やその会社の重役である。

温泉ブームにバスの台数を増やして、阿寒摩周国立公園の中継地である弟子屈町に大きな整備工場が造られることになり、そこの工場長になってほしいと言ってくれた。根っからの車好きである父は喜んだ。

父が大学生だった頃、母との結婚を反対され駆け落ちして暮らした町が美幌町や弟子屈町だったと、親戚の人が話しているのを聞いたことがある。父はそこに、一人で赴任しようとしていた。当時、姉は遠縁の中学教師に嫁いでいたが、長兄は信金の本店に戻っており、子供も二人生まれて浜町の家で一緒に暮らしていた。私は退院してから二年近くたつが、時々は市立病院で診てもらっていた。

父の仕事は嘱託で三年契約である。三年たったら、中二の私は高二である。それらを考えて、私を残して一人で行こうとしていた。

その考えを聞いて困惑した。父とは離れたくなかった。父は、父さんであり、母さんだった。いつも一緒に風呂に入り、身体を洗ってくれた。耳掃除が上手だった。

畑にいっぱい西瓜やトウキビを作り、朝顔の花やコスモスを咲かせてくれた。

背中に私を乗せて急流の沙流川を泳ぎ切ってくれた。

ソリも七夕の灯籠も、イスも机も望遠鏡も作ってくれた。

遠足に被っていく帽子がないと泣くと、古いコートを解いて、これからジャングルに探険に行くような帽子を作ってくれた。

酔った父の胡坐《あぐら》の上に座り、一緒にお皿をたたいて、笑ったではないか。

学校が何だ。刊行委員長が何だ。

私はどこまでもついていく。一緒に出発すると泣いたが、義姉さんが「お父さんが先に行って準備して、みこちゃんは、二学期終わってから行ったらいいよ」と執り成してくれた。

人の性格の違いというのは、どう作られるのか。私のきょうだいは七人が七人共、見事に違う。

両親が同じ（はず）なのに、そして育った環境も同じなのに不思議だ。自分の後ろ姿が見えないように、自分の性格も案外とわかっていないのかもしれない。

考えてみればきょうだいといえども一緒に過ごす時間など少なく、学校や職場などで、いわゆる他人の中で揉まれて気づいていくのかもしれない。

私は二学期が終わると、父がいる弟子屈に旅立った。見知らぬ北国で、どんな生活が待っているのかとの心配はおろか、想像さえしなかった。私の性格は良く言えば前向き、柔軟だが、兄達に言わせれば、適当、いい加減、無計画、はったり。

何とでも言え。私の人生だ。

二年前までカリエスだったなんて忘れていた。先の見えない吹雪の中を汽車は突き進んだ。


弟子屈に着いた翌晩のこと、父は温泉に連れていってくれた。

会社の小型四輪駆動車で、温泉街に下りていった。踏切を過ぎ、釧路川に架かる石橋の手前から赤白の提灯と造花の桜が揺れて、お祭りみたいだった。

左に曲がると温泉宿が並び、中でも風格のある建物に車を止めた。仲居さんが「お待ちしておりました」と、父を帳場に案内した。

間もなく半纏《はんてん》を着た男の人が、父と話をしながら出てきた。「いつでもお湯に浸かりに来て下さい。いやぁ、懐かしい」と言ってくれた。

私は温泉に入るのが初めてだった。

『姫』と染め抜かれた暖簾をくぐって脱衣所に入った。脱衣所を抜けると洗い場である。軽く湯をかけながら大浴場に目をやると、なんと混浴であった。一瞬たじろいだが、温泉場とはそういうものかと急いで湯に入った。

近くに赤ちゃんを抱く若いお母さんがいた。赤ちゃんは無邪気に手を伸ばして私に湯をかけようとしているので、こっちもかける真似をしてやると、キャッキャとのけ反って、お母さんの腕から落ちそうになった。その時こぼれた若い乳房に圧倒された。

私の胸はお相撲さんにも負けていた。

湯煙の中、目で父を探した。洗い場で懐かしい背中を向けて、呑気そうに髭を剃っている。ふいに、カリエスが治った背中を見せようと思いたった。

「父さん背中洗って」と声をかけた。

「オゥ、ちょっと待て」

「後で父さんの背中も流してやるから」と、私は背中を向けイスに座った。

父は昔と同じ手順で背中を流してくれた。

父と風呂に入るのは八年ぶりだった。

次は父が背中を向けた。「どうだい、昔よりうまくなったべさ」と力を入れて洗うと、「まだまだだな」とタオルで顔を拭った。

番外地

昭和四十年のお正月は穏やかに明けた。

三日に滋兄が来るとの連絡が来た。苫小牧から長兄の娘である四歳になる姪も連れてくるそうだ。賑やかになる。父も私も喜んだ。

二日に一人で街に、買い物に下りた。工場から整備の終わったバスに乗った。街中の営業所に着くと「買い物終わったら又、ここサ来い。迷子になるような町でないって」と、運転手さんが笑った。

街を歩いて、雪の白さに驚いた。車道の轍《わだち》まで純白なのだ。

石橋の下を流れる釧路川は浅葱《あさぎ》色とでもいうのか、青と緑と水色が流れによって色を変え、硫黄の香りを漂わせ流れていく。

眺めているとふいに頭上が暗くなり、バサッ、バサッ、と音がする。タンチョウヅルだった。ツルが三羽、水色の影を雪に映して、飛んでいった。思わず「本当にいるんだ」と呟いていた。

三日になった。

父の運転する大型バスから、右手を挙げて「イヤー、すっごい雪だな」と、滋兄が降りてきた。「貸切りバスでお出迎えとは驚いたよ」。続いて空豆みたいなおでこの久《ひさ》ちゃんが、「ミッコちゃん」と飛び降りてきた。叔母さんとは呼ばせない。

物怖じせず人懐こい子で、親がついていなくても小さい時から平気で親戚の家に泊まれた。四歳の今だって充分小さいのに、苫小牧から砂川、遠軽と、私のきょうだいの家を泊まり、大学生の叔父さんと共にやってきた。

下に弟妹のいない私にとっては構いがいのある遊び相手なのだが、一つ難がある。ものすごくしつこい。本やお話が好きで何度も「もう一回」とせがむ。面倒になってページを飛ばし、端折《はしょ》ると、「アァン」と鼻をならす。もう一回が何回続くんだ？そんな時は秘策があった。物語の主人公を不幸のどん底に突き落としてお母さんと引き離してやるのだ。久ちゃんが口を一文字にしたら頃合いだ。

「オッ、オッ、お母サーン」と泣き真似をすれば、間違いなく泣きじゃくって本当のお母さんのところに飛んでいく。

久ちゃんの後に愛すべき甥や姪がたくさん生まれてわかったことは、小さい子は全員しつこいということだ。美香《みか》ちゃんの時は、遠くにある家の犬が吠えるのが面白いのか、十二回も往復した。

繰り返し、繰り返して成長していくのか。親は大変だ。おしめだけで計算したら五千回だ。特に母親は大変だ。

私にはできないなァ。それにカリエスで骨盤もやられてるから、産むことも無理だろうなァ。しかし、先のことを深く考えないのが私の良いところだ。人生なるようになるという父に育てられて本当にドンピシャだった。

父はなぜか、子供の扱いがうまかった。ソリ遊びや凧あげ、はたまた花札など、子供を見守るというよりも、率先してそして心から楽しんでいる。

隣に住む所長さんの幼い息子も、いつになく久ちゃんと遊んでいた。

社宅の前は大型バスを何十台も止められる駐車場になっている。すぐ裏は開発局があって、大雪が降ると路線バスの運行を確保するために真っ先にここから除雪に出動してくれる。さすがにお正月休みで、今は静かなものである。

雪もある、広場もある。久ちゃんは遊び放題で、私に「本を読んで」と言うこともなかった。

滋兄とは一晩語り明かした。

「経済学部って何学ぶの」。大して興味がないのに聞いたのが間違いだった。

「資源を効率よく配分し、所得を公平に分配し、すべての人が幸福になるよう考える学問だ」と、難しいことを言い出す。

聞かなきゃ良かった。兄は「ちゃんと聞け。世界中に飢えている人がたくさんいる」とミカンを手に取り皮を剥いた。私はそれを取り上げて、「平等に分けれってかい、嫌だね」と自分の口に押し込んだ。

「おまえって奴は」と、まるで世界の飢えがミカンを丸飲みした私の所為《せい》かのように冷めたい目で睨む。

冗談だよ。昔から冗談が通じない堅物だ。

ムッときて「偉い教授や学者がいっぱいいるのに、何してんのさ。そんなの学ぶの、無駄」。

「おまえが経済学部って何と聞いてきたんでないか。何だ、その口は」と、頭を小突いた。

「何さ、自分の考えも自由に喋れないのかい」

「おまえの考えなんて考えでない、思いつき」

「考えたって駄目なら、思いつきで生きた方がいいっしょ」

取っ組み合いになるかという時に、父がトイレに起きてきた。時計は一時を回っていた。父は寝しなに「餅でも焼いて食べなさい」と、襖を閉めて、又寝てしまった。

父はそういう人だ。刃物でも持ち出さない限り、止めには入らないだろう。

昔、デレッキ（火かき棒）とソロバンで喧嘩して、ソロバンの珠《たま》が部屋中に転がった時も、何も言わなかった。血の気の多い息子を五人も育て、仲裁なんて飽きたのだろうか。

兄とは餅を食べ、スルメをかじり、朝まで語り明かした。

翌日、兄と姪は機嫌よく帰っていった。

昭和四十年一月、弟子屈中学校二年に転入した。

「今年のような大雪は弟子屈でも珍しいよ」

中学の長い廊下を歩きながら、担任になった安田先生は人の好さそうな笑顔を見せた。私が三年遅れていることは当然知っているはずだが、一言も触れない。

先生について教室に入っていった。

一斉に注目されて緊張した私は、窓の方に目をそらした。窓の桟に雪が積もり、中庭を挟んで並ぶ校舎の屋根に雪が厚く積もっている。日光と雪の反射で眩しい光の中に座る一人の男子が、目に留まった。

目鼻立ちのはっきりした顔で「父さんに似ている」と思った。一瞬そう思っただけだが、十年後にその人が夫となった。

弟子屈町は小さな町だが、一学年が五クラスもあった。それは近隣に農家が点在していて、本町に一校しかないこの中学に集まるからだ。交通の便もなく、冬は雪に道が閉ざされる所も多いので、寄宿舎があった。

私の住む整備工場と社宅のある場所は、原野《げんや》といった。

初めて番地のない土地に住んだ。いわゆる番外地である。

中学校は原野から下りていって、釧網線の踏切を渡り町中を通り、胸先三寸というような急な坂の上にあった。歩いて片道四十分かかった。

原野は摩周岳の麓に位置する。原野より上の地区は摩周といった。

同じクラスのエミちゃんという子が摩周地区から歩いてくる。ほっぺの赤い、かわいい子だ。「家から学校まで何分かかるの」と聞くと、「計ったことない」と言う。お母さんと弟の三人暮らしで、毎朝乳しぼりをしていると言った。アルプスの少女ハイジだ。牛乳を分けてくれるように頼むと、「空き瓶を玄関前に出しておいて」と言った。それから毎朝牛乳が届けられた。

「沸かして飲んでね」と言われて、鍋で温めると真珠色の膜が張る。「おいしいなぁ」と飲む父のちょび髭が白く濡れる。本当においしい。摩周の澄んだ空気と牧草で育った牛は、こんなにおいしい乳を出すのか。私はここで本当に健康になれると思った。

六月の朝、牛乳の横にスズランがあった。教室にもスズランが香っていた。

「エミちゃんでしょ、ありがとう」

「なんも。牧場の横に鎌で刈るほどあるんだ」

休みの日、アルプスの少女エミちゃんの家に行ってみようと、一人出かけた。『摩周湖』の大看板から右に入り、真っ直ぐな坂道だ。こんな道は見たことがない。観光バスが通るから道幅は広いし、天まで一直線に続くように延び、勾配がきつい。ソリで滑り下りたい気持ちになる道だ。ここまで家など一軒もなかった。

「ズーッと行って左」

大雑把な説明だった。ズーッと、ズーッと、ズーッと来たぞ。このまま摩周湖に到着しちゃうのではと、思った時、赤い屋根が見えた。

しかしまだズーッと左だ。

そうだ牧草地を横切ろう。境界に太い針金が張られているだけだった。針金を持ち上げた瞬間、感電した。

「ギェー」と牧草地に倒れ込み、寝ころんだまま何があったのか呆然としていた。電気牧柵《ぼくさく》であるとは、後で知った。立ち上がってズボンを払っていると、牛がこちらに歩いてくる。

「来るな、来るな」と手を振ると、スキップするように走ってきた。焦って針金を潜《くぐ》ると、又感電してしまった。牛の方が学習能力があるのか、針金の手前で、ピタリと止まる。

とうとう、エミちゃんの家には行けなかった。

エミちゃんだけでなく、みんな力強い。

学校は行くものだと、黙々と歩いてくる。友達がいるだけで嬉しいのか、笑ってる。何だろう、この伸びやかな気持ちは。

教室の中にだって、ゆっくり時間が流れる。私はここに転校してきて良かったと思った。
父は何も話さないが、若い時、母と二人で、短い間だが、暮らしていたはずだ。
母も摩周の上を流れる雲を見ただろうか。

いつからだったろうか、誰かに見られているような気がして振り向くことが多くなったのは。

晴れた休日のこと、父が社宅の横に作ってくれた物干しに洗濯物を架けていた時、ガサッと笹藪が揺れた。キツネか。まさか熊か。

私は後退りして玄関に逃げた。窓から透き見していると、小さな男の子が熊の子みたいに笹の丘を登っていった。父に話すと、駐車場のはずれの坂道を時々、トラクターが行き来することがあるので、農家でもあるんだろうと言った。

読みかけの本を持って、「散歩してくる」と家を出た。坂の片側は水楢《みずなら》、泥《どろ》柳、白樺が混在して茂り、道に影をつくっていたが、登り切ると急に視界が開け笹原になった。

少し行くと、左手五十メートル奥に赤い鉄板屋根の廃屋があった。近づくと足元は笹に替わり、クローバーが茂っている。野生化した苺が、爪ほどの粒の赤い実をあちこちにつけていた。

この家の親が子供のおやつにと、庭に植えたのだろう。裏に回って驚いた、一面白い花に覆われていた。一角を写真で切り取ったら雪原に見える。マーガレットに似たその花を一輪摘んで帰り父に見せると「除虫菊《じょちゅうぎく》だ。昔は蚊取り線香の原料にしたが、今も栽培してるのかなァ」と首を捻った。

コップに飾ると蚊取り線香の匂いがした。植物は健気《けなげ》だ。主がいなくなっても、花を咲かせ実を成らせて、生きている。

その後も子熊みたいな男の子を見かけた。お菓子で誘っても、声をかけても距離を置く。私はイライラして、罠でも仕かけてやるか、と、よからぬ考えが頭をよぎった。父は「ほっとけ。あの子はすれてないんだ、スズメと同じだ」と言った。

摩周湖には何度も行った。

学校の遠足で初めて湖を見た時は息を呑んだ。外輪山に抱かれて水辺に容易には下りられない。その湖の独特の色は摩周ブルーという。

一度、摩周岳まで登ったことがあるが、外輪の尾根を辿るだけなので起伏が少なくて、右手に遥か釧路湿原が広がり釧路市の製紙工場の煙まで望めた。登山道のわきにはススキが日の光にたなびき、リンドウの花がこれも又、摩周ブルーに染まり揺れていた。

岩場の狭い頂上に立った時、「登ったゾー」と、湖に向かって叫んだ。つい四年前、カリエスが治って歩く練習を始めたはいいが、手首より細くなった足で、右足を前に出したら、次はどうするんだったか戸惑っていた私が、自分の足で登ったのだ。「アリガトーッ」と、すべてのことに叫んだ。バスガイドさんは言う、「霧の摩周湖、晴れに遭遇した方は、本当に幸運な方です」と。

私が見た時は、いつも晴れていた。

昭和四十一年、弟子屈高校に進んだ。

三クラスだが、川湯中からの生徒や遠くは知床半島のウトロという町から来た生徒もいた。あまり勉強しなかったが、友達と知床や野付《のつけ》半島などに遊びに行った。はまなすの花が咲き乱れ、潮風の爽やかな野付から、北方四島の一つ、国後島《くなしり》があまりにも近いのに言葉を失った。

海鳥が行きかう島にも、はまなすは咲くのか。

体育祭の練習で汗をかいた帰り道、友達が温泉に入っていこうと言う。

高校の坂の下に小屋があった。

番台さんもいない風呂場には熱い湯がコンコンと湧いていた。南京錠のついた箱に幾らでもお金を入れるようになっていた。

キャッキャッと大騒ぎして入っている時は気持ちが良かったが、着替えなど持っていなかったので、汗臭い服を着て帰るのでは、なお疲れてしまった。

その日、学校から帰ると、整備工場の前にあの男の子が立っていた。

近づいても今日は逃げない。

「ボク、名前なんていうのさ」。答えない。

「清太《きよた》、長谷川《はせがわ》清太って返事せい」と、男の子によく似た男の人が代わりに答えた。

話から農機具が壊れて、工場の隅で父に直してもらっているようだった。

「ジュースやるからおいで」と誘うと、あっけないほど素直についてきた。しかし、親に言われているのか、決して家の中に入ってこない。冷たいジュースを上がり口で並んで飲んだ。

その年の秋口のこと、滋兄から連絡が入り、大手の銀行に就職の内定を貰ったと言ってきた。

父は喜んだ。そして「明日、仕事終わったら工場のみんな呼んで飲むから、何か用意すれや」と言う。自慢したいのだ。

「豚汁でいいかい」

豚汁とおにぎりを作っておけば、勝手にやってくれる。

十人くらいいる工員さんは社宅の裏にある風呂で汗と油を流して帰る。夜間の定時制に通う人もいる。自家用車なんて持っている人はいない。自転車かバイクで帰る。帰る前に父がかける「今晩寄ってけや」の声を楽しみにしているようだ。

三平汁でもしじみ汁でも、大鍋で作るとうまい。飲んべえの父が楽しく飲んでいると、私も愉快だ。歌おうが踊ろうが好きに騒げばいい。ここは原野だ、番外地だ。しかし朝になると頭にくる。酒瓶は転がっているワ、タバコの吸い殻は山になり、トイレの臭いは最悪だ。もし結婚することがあるなら、酒を飲まない人にしよう。

滋兄は、その年の暮れから年明けに福島と北海道を何度も往復し、忙しそうだった。代わりに姉の一家がお正月、泊まっていった。

失踪

昭和四十二年、私は弟子屈高校の二年生となった。クラス替えがあり、新しい顔触れに、幾らかの緊張感があった。

四月の半ば、滋兄が出勤してこないと銀行の網走支店から父に電話が入った。当然、兄の下宿先を上司の方が訪ねて下さったうえでの連絡であった。

それによると、部屋の屑籠に大量のちぎられた便箋が捨てられていたそうだ。細かく破られ判読できないが、どうやら遺書らしいとのことだった。

電話を置いた父の声は落ち着いていて、「遺書は書いたが破り捨てている。ということは、死ぬのを思い止まったということだ」と、自分に言い聞かせるように呟いた。「うん、思い直して旅に出たんだ。もしかしたら、お姉ちゃんか兄ちゃん達の所かも」取り乱してはいけない、騒げば小鳥が飛び去ってしまう。混乱した頭でそんなことを考えていた。

父は会社の人に、兄の下宿まで送ってもらうことにした。他の兄四人も車で下宿に向かう手筈になった。滋兄の下宿がある網走まで、ここ弟子屈から二時間余り。苫小牧からは十時間はかかる。私はにぎりめしを作り出した。何かをせずにはいられなかった。父と入れ違いに、ここに帰ってくるかもしれない。

四人の兄達は結婚して家庭を持っていた。子供もできて、男として踏ん張り時であった。忙しい仕事を調整して駆けつけた。

それは血を分けた弟のことで、致し方のないことかもしれないが、私は小さな子のいる家庭を守り支えてくれた、義姉さん達に感謝した。

屑籠から拾い集めた遺書のかけらを、チラシの裏に貼っていった。その枚数は二十

枚にもなった
男手一つで育ててくれた父への感謝と、先立つ不孝を詫びている。

姉には、母親代わりに世話してくれたことへの感謝と共に、教員の義兄と結婚して、幸せを掴んだことを喜ぶ言葉があった。

四人の兄達には、それぞれの個性で自分を導き支えてくれたことを感謝し、素晴らしい兄達を誇りに思っていると、端正な文字で書かれてある。

四人の義姉にも、セーターを編んでくれたこと、いつも温かく歓待してもらったことがこと細かに書かれてあった。そして共に母親を亡くして苦労した兄達をよろしく頼みますと、祈るかのように書いてあった。

小さな甥や姪達にも、一緒に遊んで楽しかったことや励ましが書かれていた。

妹の私には、身体は弱いが明るい性格だから心配はしていない、と書いてある。

好きな人はいなかったのだろうか。

兄が福島大学へと旅立つ日、駅のホームにそっと見送りに来た色の白いおさげの娘《こ》がいた。学費を稼ぐために家庭教師をしていたが、その中にすごい美人の子がいると写真を見せてくれたことがある。その後は聞いていない。

二十三歳の青年が自分の意思で姿を消した。

滋兄のことを知っているつもりだったが、何もかもわからなくなってしまった。

ジグソーパズルのピースを集めるかのように、兄に関して知っていること、気づいたことを持ち寄った。

銀行の入行式に来てくれと頼まれて、二人の兄が出席したこと。その時、何度も振り返っていたという。

完璧主義だった。九十八点でも落ち込んでいた。オール五でなければ自分を責めていた。

プレッシャーに弱く、北海道大学に一点足りずに不合格となった。

銀行の研修がきついと洩らしていた。

同期入社の人達は皆優秀で、留学経験のある人も大勢いたそうだ。

卒業間際は、福島と札幌を何度も往復して、風邪ぎみだった。

みんなの話を掻き集めて、兄の姿が浮かび上がってきた。疲れ切ってしまい、ただ少しの休養を取りたかっただけなのではないだろうか。

だがそれに加え、妹である私はわかっていたことがある。母への断ち切れない思慕の情だ。

幼い私と愛犬を連れて、母が入院していた窓の下で泣いていた。母が死ぬ少し前、外で遊んでいた私に「母さんはもうすぐ死んじゃうんだぞ」と雪解けの泥を蹴りながら、怒るように泣いていた。

仏壇の前でよく泣いていた。大人になっても母の写真と数珠を離さない。私は滋兄の、深いどうしようもない悲しみを知っていたのだ。知っていながら何もできなかった。男の方が純粋だと思った。純粋なだけに弱い。もう少し我慢して、守るべきものを見つけたら良かったのにと思った。

自分を責めたり、兄を責めたり、心は揺れた。

銀行の支店長から再び電話が入った。

「三日間なら何とか私の一存で病欠ということにできますが……新聞各社には書かな

いよう止めておきました」

無断欠勤だから仕方がないが、脱線したら、三日で元のコースには戻れないということだ。

下宿代は前払いしてあるので、四月中は荷物をそのまま置いてもらうことにした。下宿を中心に兄達は写真を持って訊ね歩いた。網走駅、バス停の周辺、商店街。ついに、ある薬局に辿り着いた。その店で睡眠薬を二瓶も買っていたのだ。劇薬物・毒物譲受《じょうじゅ》書という書類に自筆のサインと印鑑が押されていたそうだ。

それを見た兄の一人は「なぜ売った。青い顔した男に致死量になる薬をなぜ売った」と、涙ながらに店主に詰め寄り、もう一人の兄はこれも泣きながら押し留めたそうだ。

睡眠薬を二瓶持ってさらに遠くに消えた。

新聞広告に『シゲル何も心配せず帰れ、父』と出した。警察にもすぐに捜索願を提出した。

この国ではニュースにはならない多くの人が行方不明になり、又身元のわからないご遺体が眠っている。父は毎晩のように、そんなリストを閲覧させてもらうため弟子屈署に通った。署長はじめ、警察の方は身内のことのように親身になってくれた。私は熱い鉄板の上にいるような気持ちだった。何事も当事者にならなければ理解できぬことがあるのを知った。

学校を休みがちになった私を心配して、電話をくれた友がいた。「〇〇さんが言ってたんだけど」と、初めてクラスメートになった人の名を挙げた。「『田仲さんは狡い人だったんだね、大事な科目の授業とテストの時だけ出席して、後は家で勉強してるんでしょ』と言ってたよ」

どう思われようが、どうでもいい、と思った。

滋兄と幼い時約束したことが一つある。母が死んだ時に「死んだらどうなるんだろうね」「ミチコとオレで先に死んだ方が、生きている方をコチョバそう（擽《くすぐ》ろう）」というものであった。

父が夜、警察署に行き、私は一人台所に立っていた。その時右の脇腹をはっきりと擽られた。振り向きざま茶碗を落として割った。

「滋ちゃん、死んじゃったの、どこにいるの」と声に出した。ここにいるよと知らせるように、籠に伏せてあった茶碗が、パリン、パリンと割れた。

兄の死を確信した私の涙が、洗い桶にポタポタ落ちた。帰宅した父にはとても言えなかった。

早く捜し出さねばならない。五月に入り、めっきり暖かくなってきた。


ゴールデンウィークにきょうだい全員が集まった。お金はあまり持っていないので道外には出ていないはずだ。福島に行った形跡はない。地図を広げたが、改めて北海道の広さに途方に暮れた。

占い師に視てもらったという者が二人いた。一人は生きていると言われ、もう一人は水辺に横たわっていると言われた。

地図を指さし「此処《ここ》」と断言できないものか。

前回は知床方面を捜したので、もう一度、網走近辺を捜すことにした。

姉が留守番をすることになり、私は初めて捜索に加わった。どこをどう捜したのか夢中だった。

車はいつしか網走郊外の墓地を抜けて、山道を登っていった。陽が少し傾いてきたが、もう少し先に、あのカーブの先に兄がいるようで、誘われるように車は登っていった。

急に見晴らしの良い場所に出た。広い雪原に『天都山《てんとさん》』と、書かれた杭がポツンと立っていた。まるで白い墓標のようだった。

天《てん》の都《みやこ》の山《やま》。眼下に果てしない湖が広がり、茜色の雲間から陽光が幾筋も放たれて、湖をきらめかせて、その名に相応しい場所であった。

きっとここにいる。

荘厳な静寂がそう思わせた。

「三十分後にはここに戻れ」

「自分の足跡を見失うな」

陽は傾きかけていたが、私達は四方に散った。遠くに小屋を見つけて、堅雪《かたゆき》の上を転がるように走って近づく。

雪が解けたらこの一帯は畑なのだろうか。小屋は農具を仕舞っておくものなのか、古びた板の粗末な造りにしては、頑丈な錠前がかかっていた。「滋ちゃん」と呼びながら戸を揺すってみた。板の隙間から目を凝らしたが見えない。小屋の周りに足跡もなく、諦めたその時、林の方でカラスが騒いでいるのに気がついた。もしやと駆け寄ったが、塒《ねぐら》に帰る前のひと騒ぎだったのか、カラスは林の奥に散っていった。

カラスでさえ塒に帰っていくものを、兄はどこに帰りたかったのか。母がいた平取のあの小さな家か。私だって帰りたかったよ。父さんだって恋しい母の待つ家の明かりがあるはずだ。

遠くから他の兄達の「シゲル、シゲル」と呼ぶ声がする。

時間も、あの流れていく雲も元には戻れない。どこに流れ着くかもわからない。それでもみんな頑張っているんだよ。

やがて天都山から、空も雲も濃藍《こあい》色に染まり湖に沈んでいった。

天都山に行ってから十日目の夜のことである。夜といっても日が随分と長くなり、六時の夕飯時はまだ明るかった。

父と、鰊《にしん》の煮つけと白菜のおひたしで夕飯を食べていた時、電話が鳴った。

父が出た。

「ハイッそうです、ハイッそうですか、ハイッ、ありがとうございます」と静かに、黒い受話器を置いた。

「滋ちゃん見つかったのかい」

「あぁ、女満別《めまんべつ》湖畔で見つかった」

そこは天都山の眼下に広がっていた網走湖の南側であった。山の上から兄達が声を限りに叫んだあの先に、やはりいたのか。

二人は黙ってご飯を済ませた。

「茶碗を洗ったらセーラー服に着替えなさい。葬式は苫小牧でするから」と言われた。

私が片づけをしている間に、父は方々に電話をしていた。その中には私の担任も含まれていた。

女満別の交番に着いたのは十時近かった。発見時の所持品がトレーに入っていた。

福島大学に合格した時に、東京の叔父さんに貰った時計があった。「スイス製だぞ」。銀行の入行祝いにと、きょうだいがお金を出し合って贈った黒い太めの万年筆があった。「ちょっと貸して」「ダメダ、おまえの書き方じゃペン先が割れる」と貸してくれなかった。

「そんな物持ち歩いて年寄りくさい」と、私が言った数珠があった。

そして細面の母の顔写真があった。

遺体の写真は父だけが見た。私に見せないためか、電灯の明かりをよく受けるためか、斜めに傾け、目を凝らした。

「間違いなく息子の滋です。見つけて頂きましてありがとうございました」と頭を下げた。

私は「今、兄はどこにいますか」と聞いた。火葬場に安置されているという。田舎なので行く道に外路灯もない淋しい場所だとの説明に、なお早く行ってやりたい。父もそう言うと思ったが「明朝、他の息子達と合流してから、皆で会いに参ります」と言った。若い警察官は安堵の色を隠さずに「では明朝何時でも連絡いただければばご案内致します」と言い、手配しておいてくれた、旅館の場所を地図で示してくれた。

旅館に行く車の中で運転しながら父は、「母さんが、滋を見てくれている」と言った。ハッとしてその横顔を見ると、車の計器の僅かな明かりに涙が光っていた。

母が死んで十三年になるが、独りで私達を育ててきたのではなかったのだ。今、母は滋兄を見守り、父が私を慮《おもんばか》り、守ろうとしている。

私は安堵した。『滋ちゃん、母さんと一緒で良かったね』。

朝、宿で目覚めると兄達がすでに座卓を囲んで話し合っていた。従兄も来てくれていた。

「オウッ、ミッチも大変だったな」

「私は何も」

男の兄弟が多いと挨拶は簡単だ。

座の中には悲愴感と疲労感と安堵感が綯《な》い交ぜとなり、時折笑い声もこぼれた。

悲しい時でも人は笑える、それが又悲しかった。姉夫婦が汽車で駆けつけ、座に加わった。

「発見してくれた人に、苫小牧に帰る前に寄ってお礼を言わないとな」

「マツシタ木材という所に勤める人で、写真が趣味でボートに乗って水芭蕉の群生地に、毎年撮りに行くらしいんだ」

「ボートで？　滋はそこまでどうやって行ったの」

「四月は湖がまだ凍ってるらしい。それに水芭蕉の咲くあたりは湿地だ」

「下宿にあった列車の時刻表だ」と差し出したその表紙には、白く群れて咲く水芭蕉の花の背景に赤い列車の写真が載っていた。下に『女満別湖畔・水芭蕉群生地』と、あった。

太い倒木に黒いコートの人が、横座りに寄りかかって何やら書き物をしているように見えて、声をかけたら死んでいたそうだ。

左腕で便箋を押さえて、右指に万年筆を握っていた。傍らにウイスキーの瓶と睡眠薬の空き瓶二個が転がっていた。

そう証言してくれた発見者は、ボートを戻して警察官を案内してくれたのだった。役場からミノル兄が火葬許可書を貰い受けてきて、皆で火葬場に向かった。滋兄は土間に横たわっていた。

覆っていた物を取ると、きれいなままの滋兄がいた。

すでに白装束となっていた。

寒い水辺であったこと、厚いコートを着ていたこと、顔が俯いていた等、幾つかの条件が重なって、損傷を免れたのではと言われた。

さすがに、目の光は虚ろであったが、最後にその目が見つめていたのは、サラサラと流れる雪解け水と水芭蕉の花だったのであろう。

穏やかな顔であった。

誰ひとり取り乱す者もなく、僧侶の読経のうちに身体を清めてやった。やがて遺品と共に棺に納められ、茶毘《だび》に付された。

数人が狭い控え室に座っていると、覗き口から目を凝らしていた四男のマコト兄が叫んだ。「滋が右手を挙げた！」。

筋肉の収縮などで動くことがあると、火葬場の人が話している。

「滋、滋」と兄達は名前を呼んだ。私と姉は、初めて声を出して泣いた。

別れ

紅蓮《ぐれん》の炎の中で何時《いつ》ものように右手を挙げて、二十三歳で兄は永訣を告げた。

眼鏡をなくしてしまったような気がした。

私は近眼で眼鏡を持っていたが、年頃のせいかあまりかけたくなくてケースに入れ持ち歩いていた。体育の時も、道を歩く時も、かけなくても不自由を感じない。

しかし黒板の字を写す時は、眼鏡がないとどうにもならなかった。目を細めたり、指で目を吊り上げても見えない。

滋兄を亡くしてから、いつも眼鏡をなくしてしまった心境だった。

どうせ目を凝らしたって見えないものは見えないんだからと、焦点の合わない目でボーッと眺めていた。

本当のことを言うと、『先を越された』と思っていた。『死にたかったのは私だ』と思っていたのだ。

天気の良い日はしばしば裏山に行くようになった。以前見つけた廃屋の近くに、一本の白樺の木があった。少し高い地面に立っていて、根元からすぐ三本に枝分かれして、結構な木陰をつくっていた。下方の木々の間から弟子屈の街が望める。

そこで文庫本を読むのが楽しみになっていた。幹にもたれ物語に没頭すると、時間のたつのを忘れる。

小説の主人公がハッピーエンドになることは、ほとんどない。

その頃、一番胸を打たれた小説は、伊藤左千夫の『野菊の墓』であった。

遠縁にあたる幼馴染みの主人公二人が、数《かぞ》えで十五歳と十七歳になった頃、恋心が芽生える。恋心といっても、お互いを好きな花に例えるしかできない淡いものであった。

それなのに女の方が年上だとの理由で周囲から反対され、引き離されてしまう。

泣く泣く嫁に行ったが、間もなく死んでしまう。その墓に女の好きだった野菊を植えてやる。そんな物語であるが女性の方が年上ということに心が痛んだ。この主人公は二歳上だけれど、私は同級生より三歳も上である。

当時の心境は、死にたいと積極的に思った訳ではないが、墓を花で飾ってもらい泣いてもらう。そんなロマンチックな思いで死を美化していたのかもしれない。

その頃学園ソングが流行していて、こんな田舎の高校でも、誰と誰は交際しているらしいとか、学校祭でフォークダンスの時見つめ合っていたとかで、女子はキャーキャー盛り上がっていた。楽しそうな皆を横目で見ていて淋しかったのは事実である。

私はもうすぐ、雪が降る頃、二十歳になる。

高校二年の二学期の終了式の日は、クリスマス・イブでもあった。

明日から冬休みに入る。

校門を出る時「いずみに寄ってラーメン食べてかない」とか、「家でレコード聴こう」と誘われたが、「今夜はイブだから生寿司作るんだ」と断った。

線路の手前にある魚屋を覗くと、凍ったイカとマグロの冊があった。

「このマグロ、半分にしてくれるかい」と頼んだ。一人三切れとして六切れは取れる。坂道を帰りながら、父さん喜ぶなァと思うと足が弾んだ。

帰宅すると、すぐに夕飯の支度を始めた。セーラー服のまま、米を五合研いだ。

その時裏の戸がノックされ、お隣の奥さんがボールの中でまだピクピクしているエビをくれた。奥さんの実家は標津《しべつ》の方で漁師をしているということで、いつも魚を分けてくれた。

それまで干し魚を焼くことしか知らなかった私に、イカ、エビ、ホタテのさばき方や調理法まで親切に教えてくれた。おかげで塩辛や〆鯖も作れるようになった。

「今夜生寿司作るんで、エビ助かります。後で持っていきます」と言うと、奥さんは、

「従兄弟が車で迎えに来て、標津に帰るの」

どうりでコートを着て化粧をしていると思った。

やがて父が帰ってきて、「悪いなァ、急に街に下りて飲むことになった」。着替えながら「寿司が余りそうなら清太に持っていってやれ」と言う。

「夜道は淋しいしょ」と渋ると、「冬にお化けは出ない」。「冬のお化けは雪女がいる

しょ」と言うと、「生きてる女の方がおっかない」と父にしては珍しいことを言った。

父が出かけてから私は「夜道に日は暮れぬってかァ」と自分を励まし、家を出た。坂道を登り切ると、月の光があたりを照らし、今、この道で雪女とすれ違ったとしても、「お晩でーす」と挨拶ができるほどの、美しい夜だった。

やがて民話に出てくるような家に辿り着いた。薪を焚くストーブと、その上に載せた煮豆の匂いが混ざった温かい家だった。

「お寿司なんて何年ぶりだべネ、ばあちゃんホラッ、アンタも清太も起きれ」

もう夕飯は食べたのか、座布団を枕におもいおもいで、うたた寝をしていたようだった。あったかい煮豆を抱えた帰り道、清太の家族がうらやましいと思った。

父も所長も飲みに行った。お隣の奥さんは実家に帰った。工場と裏手にある開発局には水銀灯が灯っているが、人っ子一人いないはずだ。

煮豆の器が冷えてきた。お寿司を食べながらテレビの歌番組を見ていたが、いつしか眠り込んでいた。

「オーイ、道子ちゃん、今帰ったヨー」

父のしこたま飲んだ声に起こされた。

「将来、酒に飲まれるような奴とは一緒になるな」と、素面《しらふ》の時はそう言っていた。

偉そうなこと言いやがってと、不機嫌に鍵を開けると、父は雪女に支えられていた。

「節ちゃん、入んな」

雪女に名前があった。雪女に見えたのは白塗りの芸者だった。日本髪のカツラまで被って本格的だ。節子というのか。父とはどういう関係だ。

「節ちゃん、これ娘の道子ちゃん、死んだ家内に似てキツイッ。女は愛嬌だって教えてやって」

上り口で余計なことを言いながら倒れ込んだ。

女は「田仲さん、ここで寝ちゃカゼひきますよ」と、声をかける。

男はこういう声に弱いのか、一つ学んだぞ。

「節ちゃんにお金払ってやって」と、奥の布団に寝ころんだ。

何だ、節ちゃんはつけ馬だったのか。金がないなら飲むなと、父に腹が立った。

「お洋服、脱がさなくていいんですか」

「いいの。酒癖の悪い奴に酔いが醒めて自分がどんな酒飲みか自覚させろというのが、父の教えですから」

自分の言葉にトゲがある。いつの間にか女は足袋で茶の間に立っていた。厚かましい奴だ。

「実はネ、お金は大した額じゃないんだけど、娘さんの耳に入れておいた方がいいと思って。こんな夜遅くにゴメンナサイネ」

節子さんの話によると、父と所長が二人きりになった時、あと一年任期を延長してもらえないかと頭を下げたらしい。あと一年で娘が高校卒業なので何とか、と頼み込んだが、三年契約の一点張りで取り合ってもらえなかったらしい。

そうか、そんなことがあって深酒したのか。いつしか、節子さんにお寿司とお酒を勧めていた。

「お父さんいい人だね、品がある。娘さんのこと、かわいいんだね」

私も自分で注《つ》いでお酒を飲んでいた。

「いいのかい、高校生だべサ」

「私ね、今月で二十歳になったんだ。病気で三年遅れたからね」

「娘さんも苦労してるんだネェ」とグビリ。

「私も高校出てるんだよ、定時制だけどね。助産婦の資格も取ったんだ。だけどそれじゃ親を養えなくってネ」

帰りがけにお隣の所長宅を指さし、変なことを言った。小指を立て「出てったショ」。意味がわからなかった。

三年の約束で勤めさせてもらったのだから退職も仕方がないが、大学を出した滋兄に死なれ、今仕事を失う父の心境を思い遣った。服を脱がせながら「父さん、水飲むかい」と声をかけた。

冬休みが終われば三学期は二ヵ月しかない。

出窓に腰かけて月を見上げた。

苫小牧の公立高校に転校できるだろうか。私立は授業料が高く、とても払えないし。

月にかかった雲が流れていく。

人生は流れる雲と同じだ、どんな果てに行き着くのか、思い悩んでも仕方がない。

思い返せば弟子屈の生活は楽しかった。

ふと、中学の時に摩周地区から牛乳を届けてくれたエミちゃんのことを思った。中学を卒業して二年。もうお嫁に行ったと聞いた。黙々と歩いていた姿を思い出す。それだけで、私は励まされたではないか。

清太の家族の温かさに、泣いたではないか。摩周岳の頂上から「ありがとう」と叫んだではないか。これからも楽しいことはたくさんあるはずだ。

芸者の節子さんも、明るく逞しく生きている。


お正月が過ぎて三学期が始まったが、お隣の奥さんは帰ってこなかった。

「どうしたんだろうネ」と父に言うと、「よそのことに口を突っ込んでない」と言いながら、「あんな良いおかみさんを泣かして、バカな奴だ」と言った。

節子さんが言っていた。

「いいかい、教えてあげる。男ってコンプレックスの塊なんだよ。よくできた奥さん持った男ほど、なんでこんな女と、という女と浮気するネ。理想の男なんてどこにもいないよ。自分が選んだ相手なら、女の意地を懸けて鍛え上げないとダメ」

なるほど、本物の芸者さんの言葉は含蓄がある。学校では教えてくれないことだ。

三学期の二ヵ月は瞬く間に過ぎた。

授業にもテストにも、まるでスポーツの消化試合をこなすように力が入らなかった。先生達の人事異動や、三年になるとすぐの修学旅行のことでざわついていた。

春休みに入ってから、派手な見送りもなく弟子屈を後にした。十歳の時、平取町から苫小牧に転校して、十七歳で苫小牧から弟子屈町に転校した。そして二十歳で弟子屈町から苫小牧に戻る。

まだ転校とは言えなかった。春休み中に苫小牧の東高校への転入試験が待っている。

長兄が浜町を引き払い、美園町に家を建てたが、あちこち転勤が多かったので、父と二人で美園町に暮らすことになった。

当時公立の高校で普通科があるのは西高と東高であり、近い（当時は若草町）東高を選ばざるをえなかった。試験に落ちたら働く覚悟で臨んだので、生涯で一番緊張した試験であった。どうにか合格したが、たぶん病気で遅れて二十歳になっていたので同情してくれたのだと思う。授業の厳しさは私の想像を越えるもので、特に英語の時間は白刃の上を素足で乗るような緊張であった。

先生に名を呼ばれた者は、教科書もノートも持たず教壇に立ち、質問に答えなければならない。正解を答えるまで席には戻れないのだ。コッコッとゆっくり響く靴音が、時計の秒針に聞こえる。五十分立ち尽くす生徒がいると、クラスメート四十九人は五十分を棒に振る。

こんな教育に何の意味があるのか。教師は口を揃えて言う。

「ここは義務教育ではない。望んで試験まで受けてきたのだろう。嫌なら辞めていいんだから」

私は義務教育を落第してしまった。これから自分で生活していく術《すべ》を模索して、この学校を選んだのだ。何としても卒業して就職しなければならぬ。

クラスメートは、皆優しかった。私が一回だけ英語の時間に教壇に立たされ、質問されたことがあるが、先生が後方に行った隙を見て、一番前の席の男子がノート一面に大きく答えを書いてくれた。

心優しく行儀が良い彼らは、馬に例えるなら、訓練されたサラブレッドだ。

私は道産子《どさんこ》ってところだが、私には私の良さがある。必死についていくしかない。


秋になり、就職活動が始まり、他の女子が次々と銀行などに決まっていく中で、私は書類審査で落ち続け、就職先が決まらないまま高校を卒業した。

卒業してからアルバイトのような仕事をしていたが、長兄がある会計事務所に勤務する知り合いに頼み込んで、その事務所を紹介してもらった。

若いが厳しそうな税理士の先生に面接してもらい、ソロバンと簿記の資格もない私を採用してくれた。

帳簿のつけ方からみっちり指導を受け、試算表を作れるまでにしてもらった。

数字は絶対にごまかせない。数字は美しい。簿記は芸術だとさえ思った。いくらコンピュータの時代になっても、根本の理論を知っておくのは大事なことだと思う。税理士の先生には仕事を教えてもらい、そのうえ給料まで貰い、今でも感謝している。

私は自分で給料を貰うようになってから、カリエスで入院していた時の治療費を払いに行った。

随分と高額な治療費だったはずなのに、家族が払い続けてくれていたのだろう。私が私立病院の事務室を訪れた時は、残金は二十万円程になっていた。毎月給料日には千円、賞与の時は多めに持っていくのが楽しみになった。

二年を過ぎた時、突然「もういいですよ」と言ってもらった。

私は二十三歳になっていた。

その時、やっと大人の土俵に立ったのだった。

あとがきにかえて――不登校やひきこもりの方へ

病気で三年遅れてしまったが、回り道だったとは思いません。

二十三歳で死んだ兄より、３６５日×50年×3食＝５４７５０回も多くご飯を食べました。

人生なんてたいした違いがない、とわかりました。

著者プロフィール

田仲 道子（たなか みちこ）

昭和22年12月生まれ。
北海道出身・在住。
新聞販売店、税理士事務所、養鶏場、ハローワーク等に勤務。

北国に雲は流れて

2021年6月15日　初版第1刷発行

著　者　田仲 道子
発行者　瓜谷 綱延
発行所　株式会社文芸社
〒160-0022　東京都新宿区新宿1－10－1
電話　03-5369-3060（代表）
03-5369-2299（販売）

印刷所　株式会社フクイン

ISBN978-4-286-22671-2